山宇河宙

焦雨溪——著

上海文艺出版社
Shanghai Literature & Art Publishing House

废墟是绿鱼的森林

扫我，扫我
和焦雨溪一起进入多维宇宙

　　池梦鲤没有坐上姥姥的轮椅，而是在轮椅上放了许多湿泥，让爬山虎落下来，在轮椅上继续生长。

　　池梦鲤坚信那些老旧干涩的爬山虎会在她紧紧锁上门后，从这些肥沃的湿泥上冒出青涩的芽，再生机勃勃地以座椅为根据地蔓延，游走在这个房间里所有它们能触及的地方。最终它们会紧密地填满这个密封的房间，将姥姥困在里面。

　　姥姥很喜欢植物，她告诉池梦鲤："植物都是很幸福的，它们只知道尽力去汲取养分，而不在乎有没有养分存在。"

　　现在池梦鲤回到姥姥家时只能住在楼下——二楼唯一的房间被池梦鲤变成了植物园。这个散发着姥姥特有味道的老洋房扎根在深山中，走到最近的村落也要一个钟头。池梦鲤就是在这里长大的，直到该上学的年纪，她才被父母接到大城市，只有寒暑假回来。

　　老洋房的外面有个现在已经爬满绿苔、瓷砖堆砌的池塘。

姥姥生前还会打扫它，使池梦鲤透过池塘里并不那么清澈的、雨天储存的积水，还能看见底部绿色的瓷砖——当然后来池梦鲤知道是因为姥姥无法打扫水底所以白色瓷砖变绿了。

在池梦鲤的记忆中，这个池塘从来没有过鱼，但是母亲曾经告诉池梦鲤，在生池梦鲤的前一晚，她梦到池塘里有一条绿色的大鲤鱼。这也是池梦鲤名字的由来，而姥姥常叫她小名"阿绿"。

姥姥去世后，老洋房二楼的房间全都被池梦鲤摆满了各式各样的植物。一开始花盆一个接着一个，坚硬的瓷器花盆紧挨在一起使她必须用一个长长的喷壶为屋子里面的植物浇水。后来池梦鲤学聪明了，将花盆舍去，直接在房间里铺上厚厚的土，将那些植物像庄稼一样依次排好，中间留出一行行的过道。

池梦鲤在没有工作的时候回到这里，买了个长嘴喷壶。她要拿着长嘴喷壶行走在它们中间，以前是她要在前排遥远地伸手去够它们，现在却能像个拿着利剑的将军，一下下用水柱直指它们的花蕊。有些脆弱的花由于水柱喷射离得太近，直接耷拉下来，还有些茎细的植物直接被喷壶过于猛烈的水柱折断……

这是池梦鲤的四十岁，她皮肤有些发黄但用粉底遮一遮也还不错，她长了许多中年女人特有的皱纹，因为有见人就笑的习惯，所以为自己的开朗付出了比同龄人更重的法令纹的代价。但是她的皱纹在众多男士的眼中具有快乐的感染力。她是一家小报社里不怎么受重视的记者，闲的时候很多，从来没机会跑大新闻的现场，上司总是安排她去采访一些花了钱要做宣传的商人，有时是卖猪肉的，有时是搞运输的。

池梦鲤和林结网就是这么认识的。

那次池梦鲤被安排去采访在市里开了十家连锁海鲜店的林结网。与往常采访的老板一样，林结网颇有派头地带着一个秘书和一个司机，外加两个保护他安全的保镖。说起来有些做作，似乎是林结网看多了古惑仔之类的黑帮片，采访那天是夏季的阴天，但是两个保镖都戴着墨镜，而且在近四十度的高温下穿着黑色西装和皮鞋。

池梦鲤不禁暗暗发笑，她觉得保安现在快要中暑的状态，已经虚弱得需要被人保护了，两个西装大汉站都站不稳，隔着老远都能嗅到他们身上的汗味——真是"西装大汗"啊，池梦鲤不禁笑出了声。

林结网是最后一个从面包车上下来的，长得是暴发户的模样，比其他老板好一点的是他的啤酒肚小一些。

那天的采访很愉快，后来林结网联系池梦鲤，说是要改名字。他觉得池梦鲤是个文化人，能给他一些建议。当初他做渔民的父母从书上查了一句"临渊羡鱼不如退而结网"就给他起名叫林结网。林结网很认真地说："你觉得叫林渊怎么样?"

但很快两人开始约会后,林结网就放弃了改名的想法,这个现在满身古龙水味代替了从前鱼腥味的老板,觉得自己的"网"可以网住池梦鲤这条大鱼。他还把这个自认为浪漫的想法说给池梦鲤听,池梦鲤笑着点头。

不过很快就和从前的每段感情一样,池梦鲤从林结网天罗地网的爱中脱身了。池梦鲤离开的理由并没有告诉任何人,这个理由是从一件很小的事情上萌发出来的。

只是因为某天林结网因为一笔大生意要谈,把约会推到了第二天。池梦鲤就由此看到了这段感情的不纯粹,她将这件雨滴一样的小事封存在自己心里,发酵成一场大海啸,她害怕了。

她离开的方式和对待以往的情人无二,她会逐渐减少两人见面的次数,比如林结网约她三次她出去一次,后来干脆说没空;她还会无缘无故的冷漠,有时林结网正在规划两人出国游行的计划,她嘴上答应着,但当林结网列举出欧洲的一系列国家,每一个都会被池梦鲤以各种各样的理由否决……

中年人是知趣的,林结网的电话渐渐少了,后来再也没有打来。

姥姥去世之前,池梦鲤都很喜欢坐在姥姥的轮椅上,轮椅很有弹性，坐很久也不会屁股疼。姥姥并没有丧失行走能力，她只是关节疏松，走路多或者站久了容易腿疼。于是姥姥用退休金给自己买了一个轮椅，这样她就可以自由地穿梭在家里，"阿绿"、"阿绿"地呼唤着池梦鲤。从池梦鲤有记忆开始，在姥姥家的日子就可以睡到自然醒，她在木地板上打着滚，用没刷牙的嘴大叫姥姥，姥姥就会推着轮椅过来，抱着她去刷牙洗脸，再细小的事情也要亲自照顾，姥姥的爱全部只给池梦鲤。有时较冷的天池梦鲤醒来，看见姥姥坐着轮椅穿梭在院子里，把花盆一个个摆好——姥姥的花都种在花盆里，这样天冷时她可以把它们搬进搬出不至于冻死。

春天的尾声，姥姥会用院中怎么也长不大的小槐树的槐花做粥。爬山虎在四季中都是姥姥的背景墙，它变换着颜色，放肆地延伸着，带着无声无息的激烈。

池梦鲤被母亲接走的前一天梦见自己变成了爬山虎。梦的视角是她作为爬山虎的触角，快速地穿梭在灰色的水泥森林和十字路口拥挤的人群中，不知道扎在哪里才好。梦里她思考了很多，扎在任何一处，都不是绝对安全的。马路上会被车压，公园里会被人踩，住户的花盆则会被随时扔掉……梦里变成爬山虎的池梦鲤害怕极了，只要离开姥姥的洋房，似乎没有纯粹与安宁的地方可以栖身了。

但池梦鲤还是很快融入了大城市的生活，她学会了化妆打扮，穿着清秀的学生制服走在大街上，快迟到时奔跑在地铁站里，课间与女生们谈论时尚，她都应付得来。

高中时期池梦鲤喜欢上了自己的班主任迟老师。迟老师戴着枪色框的眼镜，有些像某个新闻联播的主持人。他教地理，徒手可以在黑板上画出整个世界，右手在黑板上一挥就是一个像是用圆规画出来的圆。迟老师接到了池梦鲤的情书，他没有做出明确回复，却热烈地回应着这个爱笑的女孩，甚至周末补课时与池梦鲤出去约会。池梦鲤看到了很多很多的希望和可能性，这些粉红色的泡影将她和迟老师连在一起，让她每晚睡前都觉得，自己必须要规划一下如何向父母坦白自己毕业后不想上大学，就想和迟老师在一起。偶尔迟老师给她批改的作业上，会画出约会时畅想过去旅行的国家的地图，这在旁人看来并无新意——迟老师是个认真的老师，每个学生的作业他都会如此批改，但是池梦鲤却会因为看到作业上的地图开心得满脸绯红。因为有迟老师这样一个人存在于她的心尖，她开始有些期待那些未知的世界和地点。

直到池梦鲤知道迟老师有妻子，她才如梦初醒。在高考结束的很多个夜里和后来的日子中，她看着那些手绘的地图，恍然大悟那些旖旎的山川河流风光，或者风情各异的国家都太缥缈了，它们都如同迟老师和后来各个贴近她的男人一样，看似瑰丽的外表下都隐藏着或多或少的不纯粹。她虽然知道这是世俗的正常现象，但却无法接受。她想念那个老洋房和全世界只在乎她的姥姥。

　　和林结网分开后，池梦鲤很快交往了比她小二十岁的实习生吴错，少年的真诚与快乐感染着她，吴错的投入程度震撼着池梦鲤，几乎让她以为自己被吴错天真的勇气唤醒了藏在身体最深处的、动不动就消失的那种叫做爱情的东西。

　　池梦鲤在周末带着吴错回到姥姥的洋房，在深山里这个静谧的夜晚，雨水从天而降，花朵张开了花瓣。月光在两人脸上交替浮动，吴错的手足无措与笨重，被池梦鲤一一用熟练化解，他们紧密地结合起来，依偎得很紧，像彼此的偏旁部首。吴错小心地爬上爬下，却依旧使池梦鲤看起来有很多浮于表面的疼痛。结束时吴错看到外面的槐树下槐花落了一地，带出肉眼可见的万籁俱寂。他满是歉意地坐起，却被池梦鲤一把抱住，池梦鲤将他按在自己胸口上，感觉像是得到了一个珍贵的宝物，男人如此真诚珍贵的第一次，使她的不安全感节节败退，几乎褪去一切恐惧，美好极了。

　　他们在度完周末后回到城中，走之前池梦鲤带吴错参观了自己二楼的杰作，吴错很兴奋，提议将院子里那棵小槐树也移植上来。这种奇异的想法使池梦鲤惊奇地被触动着。他们在二楼铺上厚厚的土，然后把槐树种了上去。

　　在城中，池梦鲤与吴错开始了同居的日子。两人每天早出晚归，不大的房子像是避风港，吴错每天跑新闻时晚回家一分钟，都会与池梦鲤一起咒骂计程车的司机，耽误他早点见到池梦鲤。起初池梦鲤只是觉得很可爱，可慢慢地，她发现吴错开始咒骂所有人，包括他的父母。在一次歇斯底里的咒骂过后，吴错回过神来一般告诉池梦鲤自己有抑郁症。这时池梦鲤才知道，吴错的世界有多么病态，他倾尽所有只爱池梦鲤，是因为没有爱其他人的能力。吴错看着惊愕的池梦鲤，用手打碎了洗手间的镜子，然后捂着血流不止的手跑了出去，再也没有回来。

池梦鲤在残破的镜中，看到自己发黄的脸色第一次有了白皙的征兆，居然还是因为无奈而产生的苍白。

疲惫不堪的池梦鲤选择了辞职。她驾车回到了姥姥的洋房，这时的池塘已经满是绿苔。池梦鲤安顿好后用罩网杆子将绿苔剔出来，清理好一切时她打开二楼的房间，在许多花草和那棵槐树中穿梭着。那棵槐树居然开始长大了，这使池梦鲤感到安慰。她突然觉得，姥姥一直被束缚在这里，在等着自己，区别只是现在的姥姥不会叫"阿绿"、"阿绿"。从窗外爬进二楼房间的爬山虎在轮椅上生长着，延伸到房间的各个角落。

池梦鲤洗了个澡，整栋洋房里没有开灯，她从雾气蒸腾的黑夜里走了出来，对着镜子借月光欣赏自己裸露的身体。有些中年女人的臃肿，但是因为不曾生育，还是比较紧致的，她快乐地在一楼的木地板上铺好床褥，躺下睡着了。她湿湿的长发像一根根树根分散在枕头上，梦里她梦到自己的触角扎在肥沃的土壤中，安心沉静地继续向地下深入着。但耳边的噪音逐渐有些大，像是有什么东西在肆意生长着，是生命在伸展的声音。池梦鲤被吵得从梦中脱离出来，但她并没有完全苏醒，她睁开惺忪的眼睛，看见头顶的天花板轰然坠落……

很久之后吴错来到深山中，他看见倒塌的老洋房，那些陈旧的砖瓦上已经长满了植物，一棵槐树直直地从绿色的废墟中生长出来，迎着四面的林涛招摇着。吴错眯起眼睛看着那些美好的绿色植物，走进这片废墟般却充满生机的森林，深深地呼吸着一些熟悉的味道。当他转身离开时，看到身边的瓷砖堆砌起来的池塘中，有一条欢快游动着的绿色鲤鱼。

竹篮子

来到罐子镇后我开始喜欢下雨天，这个从前令我厌恶的潮湿又黏稠的天气可以使整个镇安静下来。因为道路泥泞，这里的人们下雨天喜欢躲在屋子里（包括那些喜欢坐在窗根儿下议人是非的长舌妇们），罐子镇就出奇的宁静。

天花板上因潮湿掉下的白色漆皮，泥一样落在爸爸的牛皮躺椅上，他假装悠闲地坐着，身体僵硬，煞有介事地拿着一份报纸读着，皮鞋擦得发亮——即使在家白天时他也坚持穿皮鞋。

"淑己，"他叫着妈妈的名字，一只手拎着空茶杯朝不远处正在编竹篮的妈妈晃着，"泡些斯里兰卡的红茶来。"他故意加重斯里兰卡这四个字，像是给贫穷的生活增加一些高贵感，以此掩饰眼前破败的现实。

妈妈穿着扎了许多碎竹屑的围裙"噔噔噔"走过来接过杯子，利落地为爸爸泡好茶再端回来。爸爸头也不抬地看着报纸："这个周末我想休息一下，就拒绝了他们打高尔夫的邀请。"他将茶浮面上的一层碎竹屑倒进身边的花盆里，那里面曾种着我的矢车菊，而现在只是一盆吸纳废水的土。

妈妈点点头说："好。"然后继续走到门口坐下编竹篮子。

编好十个后，雨小了一些，妈妈走过来问我："我去卖竹篮子，你要一起去吗？"我点点头，妈妈为我穿好雨衣，又系了一个大檐帽在我头上。

然后妈妈走到爸爸面前："你要一起去吗？"

"当然不去，"爸爸从口袋里掏出手绢擦擦嘴边的茶渍，"我留在家里研究金融新闻。"

妈妈在围裙上面抹了抹手，将围裙脱下。我发现妈妈里面的衣服是过年时才穿的紫红色衬衫，她的脸也比以往白，好像是搽了雪花膏。

我坐在妈妈的自行车后座上，雨已经停了，蒸腾起来的水汽糊在我脸上十分难受。罐子镇的人们已经开始修补漏雨的屋顶，几个满嘴黄牙的阿姨在路边吃着瓜子，上下打量我们，吃吃地笑着，嘴里咕哝着什么。

她们一定是在谈论我们一家啦。

生意失败后我们不得不从别墅搬到这个穷乡僻壤。爸爸将以前的家具搬过来，在土墙上挂上油画，泥地铺上法兰绒毯子，还非要在放农具的柜子里摆古董花瓶，在这个根本不需要门牌的地方挂上以前住别墅时用的门牌。

最开始的几周，那些旧友还会请爸爸去打高尔夫，爸爸会让我和妈妈穿上丝质裙子和系带皮鞋，与他一路走出罐子镇，快到城里时再打车到球场。每当我们穿着这些夸张的衣服走在罐子镇的路上时，人们都会嘲笑似的窃窃私语。这使我很尴尬，我会烦躁地跺脚，无地自容地感到一股燥热从脚底传染到全身。而妈妈则站在一旁，将头最大限度的低下，雕塑一样没有任何动静。

爸爸的虚荣心会使他愈发作秀，他会掏出手绢垫在手上，再去拿货架上的烟丝。结账时他会越过收银员已经伸出的手，将钱放在桌子上，以不接触来显示自己与罐子镇上人们阶层的不同。

后来那些朋友都不再联系他，生意彻底赔了本，他不再出门。

有天爸爸拿着那本薄薄的，已经翻烂了的财经杂志头也不抬地对妈妈说："罐子镇女人们的编竹篮技术是种传统工艺，"他抬起头，带着笑意对妈妈说，"你去打一份零工吧？"

于是妈妈开始编竹篮养家，爸爸则彻底不出门了，他每天坐在牛皮躺椅上看报，喝所剩不多的进口红茶。

我和妈妈推着自行车走在泥泞的小路上，此时她手中只剩下一个竹篮子了，其余的几个都卖给了刚才路过的村庄。野外的花草在这个季节本都该已经干枯，但它们吸收了深秋的雨水，有了些莫名的清新和生机，在风中瑟瑟摇曳。

我们已经又越过两个村子了，可妈妈并不打算进去将竹篮子卖掉。她越过它们，推着车继续向前走着，我紧紧跟着她，虽然有些累，但我还是因能暂时远离那个令人厌恶的家而感到喜悦。

走到下一个村庄时妈妈停住脚步，她将自行车停在一个草房子的院子门口，没有立刻进去，而是先用手擦擦额上的汗，又整理衣襟，再蹲下身为我弹了弹身上粘的杂草，牵起我的手拎着竹篮子走了进去。

"要竹篮子吗？"妈妈把一向熟练的口号喊得有些生硬。

一个挂着拐杖与爸爸年龄相仿的男人从屋子里一瘸一拐地走出来，"不"字的口型已经有了，可还没说出口他就愣住了："淑己？"

妈妈点点头，晃晃牵着我的手："这是我女儿。"

"唔，"男人的眼睛黯淡了一下很快又亮起来，"真漂亮的小姑娘啊，你们进来坐吧。"男人邀请我们进屋。

他的房子和我家一样破，但是他的椅子是朴素的木椅，柜子上摆着几本旧书和几盆水仙。几根替换的，长短不一的拐杖摆在门口用铁丝做成的架子上，简单又整洁。

男人为我解开勒得有些发紧的大檐帽，端了两杯水给我们。

"你要看书吗？"男人拿起一本画册向我晃一晃，我点点头拿过画册翻看起来。他带着妈妈到对面的房间门口，撩起帘子对里面说："爸爸，你看是谁来了？"

一个苍老而颤抖的声音问道："谁？"

男人用拐杖兴奋地敲着地面："淑己啊。"

那个苍老的声音也兴奋起来，抖得更厉害了："淑己？那太好了。"

男人继续说道："她呀，已经结婚啦，还有个漂亮的女儿！"

那个苍老的声音一下子丧失了喜悦："哦……那很好，你们出去吧，我要睡一会儿。"

"伯父再见。"妈妈小声却清晰地说着，然后与男人一同返回我所在的房间。

"你还在养水仙?"妈妈走到柜子旁盯着几盆大小不一的水仙，用力嗅着。

"是啊，但不如上学时养得好的，那时你养夜来香，现在还养吗?"

"不养了，"妈妈笑着，"那时可真用心，放学后第一件事就是对着花写植物成长日记。"

"是啊，过节时还有花卉展览。"男人笑着问我，"你喜欢养花吗?"

我点点头："但搬家后我的矢车菊都死了。"

"怎么?"男人似乎感受到我对矢车菊的心痛似的，有些焦急，他拐着脚走到放书的柜子旁抽出一本书给我，"这个给你，回去好好读。"

这是一本翻得发旧的花卉养殖手册，我将它捧在手中，这是我搬到罐子镇后第一次收到礼物。

"不，她不要。"妈妈阻拦道。

"拿着吧，对她有用。"男人头也不回地整理书柜上面的书，奇怪，那些书明明很整齐，但他还是一本本将它们抽出再放回去。

妈妈没有再阻拦，我开心地抱着书。屋子里却陷入一片沉默，我茫然地看着四周，只有男人整理书时书碰到柜子的"邦邦"声。

过了一会儿男人转过头："喝葡萄酒吗？我爸爸酿的，他的手艺比以前还要好了。"

妈妈坐在椅子上，双手支在两侧，低低地摇头："不，我不喝，我们该走了。"

然后妈妈拉着我走出屋子，此时夕阳已经徘徊在地平线上了。

"你还会再来吗？"男人一瘸一拐地送我们到门口。

"也许会没空吧。"妈妈将竹篮子递给他，将我放上自行车后座，骑上车慢慢地离开了。

我在后座上翻开那本书，第一页写着妈妈的名字：淑己。这时妈妈的紫红色衬衫被风吹得鼓起来，我将她的衬衫按下去，感受到她的后背在颤抖。

我回头，那个男人还拎着竹篮子站在门口，车越骑越快，男人和竹篮子都渐渐变小。

我感到真正的妈妈永远留在那个竹篮子里啦！

听说

张元在小学三年级时认识了陆澄纯，那时陆澄纯怀抱着一只空空的鸟笼，穿黑色的、由成人男士衬衣改成的裙子，跟在她小姨身后进了这个大院儿。小姨是个很讲"外面儿"的女人，见到人就满脸堆笑，眼角的细纹一条条堆起来，好像一只妩媚的沙皮狗。陆澄纯则像鸽子一样雪白，太阳一照还反光呢。眼睛说话时总是带着虚假的笑意，就像她的快乐都是被逼无奈的客套。

陆澄纯的小姨来张元家做保姆，做着做着就做成了张元的继母。那时他和她小学刚毕业，却不曾讲过话，只记得陆澄纯坚决不肯与小姨一起搬过来。不过还好，两家住对门，张元每日去送饭，两人唯一的交流就是道谢，每次张元刚开口想多说一句，门就"砰"的一声关得严丝合缝。

初中分班，陆澄纯和张元不但一个班，还是同桌，这下低头不见抬头见了。张元使尽浑身解数靠近鸽子似的保持警觉的、雪白的陆澄纯，可陆澄纯这只小白鸽每天都一副拒人于千里的样儿，无论如何也不抛出橄榄枝。她也没有朋友，永远孤零零的，就像她家屋檐上那只刷了白漆笼子一样，突兀地出现在每一个季节里，却又美丽得扎眼。

张元的父亲与陆澄纯的小姨出门旅行的第二天夜里，张元在深夜被急切的敲门声吵醒，一开门就看见陆澄纯穿着睡衣满脸泪痕地站在门口，哭着求张元和她一起去找笼子。张元急忙穿上衣服和她一起出了门。夜色深得好像晚自习时打翻的墨水，浓墨般泼洒在整个城市，而他们寻找笼子的森林地带，就是浓烈的夜色浸染过的深山。

张元在上山的路口停住了脚。笼子挂在屋檐那么高的地方，怎么会丢呢？他马上想到了大院儿最西边生物老师家养的鹰，那鹰每天都会被放出去遛一个小时然后自己飞回来，他还曾经因为被鹰叼走了玩具车追踪过它的路线，肯定是它没错了。

张元把自己的想法说给陆澄纯，陆澄纯早一把鼻涕一把泪哭昏了头，任由张元规划了路线，带她上了山。两人打着手电找到凌晨，终于在一棵大杨树上看见了笼子。

张元爬上树，陆澄纯在下面用手电照着，张元身手敏捷，不一会儿就摘到了笼子。大功告成，他小心翼翼地往下退，冷不丁就触到了一个冷冰冰、软绵绵的东西。那东西很痴缠，先是在张元的手上绕了几下，然后轻轻地舔了舔他的手臂。

　　一声惨叫回荡在山谷中，张元从树上摔了下来。他没被蛇咬，蛇反倒被他拽下来垫在身下压成了片片儿，陆澄纯尖叫着跑去看他，他龇牙咧嘴地笑着举起完好无损的笼子。陆澄纯又哭又笑。

　　还好高度不高，伤得不重，为了不让父母那边生事，整个暑假都是陆澄纯在照顾张元。

　　清晨时陆澄纯会煲汤拿过来，她做饭的手艺并不好，排骨海带汤常常是腥香的。张元好不容易抓住了机会能和陆澄纯靠近，整天吵着要去散步。陆澄纯没办法，只能扶着张元在小城的各个地方走着，不知不觉两人就走遍了每个角落。

　　相处的过程中，不免知道了彼此的许多秘密。

　　比如陆澄纯的笼子里曾住过一只鸽子，爸爸死后那只鸽子也死了，妈妈强行带她离开那栋房子，不让她带走有关爸爸的任何东西，怕陆澄纯耽误自己再嫁人，就把她过继到已经去世了的姐姐名下，让陆澄纯改口叫自己：小姨。

　　再比如张爸爸之所以娶小姨是因为算命的先生说张元最多活到三十岁，而张爸爸怕自己的企业无人继承，就娶了陆澄纯的小姨为自己生儿子。张爸爸一年到头在外忙生意，每个月回来一次，就是为了和小姨"交配"。而这次出去旅行也只是因为要做生意，把小姨当成免费保姆，随身携带，才不是什么夫妻二人游山玩水。

　　两颗以不同方式坚强活着的心其实有着同样的脆弱，也有着同样的，如同空笼子一般的寂寥与沉默。

从此张元承担起"照顾"陆澄纯的责任，一起上下学，张元的单车带着她故意多兜几个圈子，穿过这个城市的大街小巷，去看挂了新年愿望的小树长高了多少，前几天给小鸟做的窝坏了没有。期末熬夜复习，碰巧张爸爸和小姨都不在家，张元就敲开陆澄纯的门，吵着要喝海带排骨汤。

陆澄纯的脸上渐渐有了些由内而外的快乐。过生日时还收到了张元送的小白鸽。笼子终于不再空荡荡的，两个孩子也像载着某些无法言说的新年愿望的小树一样郁郁葱葱地长大了。那只鸽子有些懒，有些馋，常常吃鸟食吃得打嗝，每次它打嗝，陆澄纯和张元就在旁边看着鸽子傻笑，只不过，陆澄纯是看着鸽子傻笑，张元是看着陆澄纯傻笑。他们就这么一起傻笑着顺理成章地从初中升到高中，变成两个聪慧的小孩子，只对彼此犯傻。

分班考试将近，陆澄纯的生物成绩差得一塌糊涂，动不动就被生物老师劈头盖脸一顿臭骂，张元作为生物课代表，一次又一次亲眼看到生物老师用粗大的、常抚摸鹰的手掌撕碎陆澄纯的卷子，拍着桌子对陆澄纯说："你也没人管，我在一个院儿里看着你长大，我要想收拾你还不容易，你还这么不知好歹！"这些话骂得有些无厘头，可当时的张元一心在想陆澄纯到底出了什么问题，根本没有在意。

他看见陆澄纯雪白的脸变得煞白，紧紧抿着嘴，似乎又回到了八年前她刚到院子的那天。张元开始自告奋勇帮陆澄纯补习生物，可陆澄纯居然油盐不进，张元为她讲题，她一直神游，还常常发呆，最简单的题目都能做错。张元一下子急了："陆澄纯，我没想到你这么不上进！"他话音还没落下，陆澄纯已经跑出去了，白色的棉裙从门口像是柔软的闪电，倏地一下就消失了。他从没见她跑得这样快过，等反应过来她已经没了踪影。

当他气喘吁吁地找到她，她正蹲在多年前两人去摘笼子的那棵树下撞头，一下一下的。张元拦下她后将她强行抱在怀里，扒开她的头发才看到里面全是血痂——她已经自我折磨很久了。

"没事，大不了不学了，不学了。"张元摸摸陆澄纯的头，陆澄纯突然就大声哭起来。

张元从没见陆澄纯哭过，好像要把十六年以来所有的委屈都一次性血淋淋地掏出来似的。

张元感受到一股莫名强大的悲痛笼罩在山谷，但是他不知道这悲痛从何而来。他开始歉意满满地求饶，说自己刚才太凶了，还说陆澄纯要是不原谅他他就把生物卷子吃了。但他也很疑惑，陆澄纯虽然敏感脆弱，抗压能力还是挺大的，不至于为考试这么折磨自己。

可陆澄纯一句也不答，猛地站起身飞快跑回家关紧了家门，张元怎么敲都敲不开，小姨从对门出来打着呵欠："张元你快回来睡吧，别管她，你爸该让你吵醒了。"

第二天早上张元去叫陆澄纯一起上学，没人开门，在院子里做晨练的生物老师告诉他陆澄纯一大早就出去了。张元不解地焦虑起来，骑车向学校奔去。

刚进教学楼，他就听见教室门口一阵怪叫，他定睛一看，几个小混混和其他班级的几个问题学生在班门口，陆澄纯对着他们的头儿——田风的额头笑着来了一个甜蜜的热吻。又是一阵起哄。张元冲上去一把将陆澄纯拉到自己身后："是不是他们欺负你？"说着就要打那几个小混混，少年们一下子僵持起来，许多条青春期特有的青筋"突突突"的跳动着。

陆澄纯却一把推开张元拉住田风的手："怎么，我男朋友你也要打？"她眨着眼睛。

"你男朋友？"张元瞪大的眼睛几乎要喷火。

陆澄纯歪着脑袋满不在乎地晃了晃："我喜欢他。"

张元一下子像泄了气的皮球，他无力地拉了拉陆澄纯的手："可是我喜欢你啊。"

陆澄纯甩开张元，把头埋在田风的肩膀上笑得浑身痉挛一样，田风和几个混混笑得前仰后合。

两个小时后，生物老师出现在学校。大家都看到了他鼻青脸肿的倒霉样儿。后来他再也没出现过，大院儿里他的房子也空了，听说是辞职回了老家。后来又有人传说曾经见过搬走时的生物老师，他的一只眼好像被鹰啄瞎了似的，而这些伤都出自一个人的策划——田风。而田风打生物老师的理由也很简单——陆澄纯，据传闻是陆澄纯不满生物老师的管教，就让田风收拾了他。

这些传闻环绕在张元的周围，挤进他的脑缝，生疼生疼的。他找到陆澄纯瞪着她化了妆的脸："你怎么这么恶毒，这么不识好歹，为什么这么对生物老师！"他大义凛然地占据着道德高地，居高临下地带着心痛指责这只因浓妆艳抹变得五彩斑斓的小白鸽。

彼时陆澄纯正陪田风一起打台球，张元看见她雪白的手臂挽着田风的手臂，回头轻轻对自己笑着说："不顺眼咯……"

张元从未感到陆澄纯如此陌生，她的皮肤不再是鸽子羽毛那样的白了，像是阴沟里放久了的尸体沤出来的那种白。他想吐，什么东西顶在喉咙，但是他咽回去了。

他转身离开，顺便告诉陆澄纯鸽子被自己拿过去养了，她不配养那只鸽子，他也不会再来找她了。

高三很快分了班，张元作为连续三次年级第一被挑进了"清北班"，每天都有做不完的题，做过的卷子堆起来能比他的个子还高。卷子是做不完的，题目从各个老师手里像海浪一样一波接一波涌到他面前，而陆澄纯的传闻也总能从四面八方传过来，听说她打胎了。

他再也坐不住，找到陆澄纯，却什么都说不出口，半天才红着脸问："打胎，真的吗？"在看见她之前他明明准备了一堆的责骂和心痛，现在却只剩下一种莫名的胆怯。

田风皱眉将陆澄纯拉到身后："打了，我的种，你还敢要她么？"

他看见陆澄纯小小的，缩在田风身后，没血色的唇若隐若现。他看不见她，也什么都说不出口。半晌，陆澄纯拉了拉田风的袖子："我们走吧。"田风深深地看了张元一眼，搀着她虚弱的身体走远了。张元感到那个"要"字一连几天都憋在胸口出不去，糊得难受，好像海带排骨汤放冷时喝下肚的恶心。

不等他鼓起勇气找陆澄纯讲明白，她就消失不见了。听小姨说她与田风私奔了，小姨似乎没有半点心疼，咂着嘴说："还是我们张元懂事，啊？"

张元不回答，瞥了瞥这个老女人最近大起来的肚子，夺门而去。他在那棵杨树下坐了很久，城市的灯火渐渐被他的泪水模糊得阑珊起来，莫名诡异的色彩与城市上空的风相互寒暄着。

张元不出意外地考上了清华。他四处打听陆澄纯，却只能在小姨那里断续地听说她现在过得很好啦，有工作，薪水高，快嫁人啦之类一堆没得到过证实的消息，似乎陆澄纯所有电话都是趁张元不在家时打来的，用的还都是公用电话。

一切都是听说。

直到大三某天，张元接到了田风的电话，那边醉醺醺的说陆澄纯其实和他没半点关系，是他田风喜欢陆澄纯，那个生物老师抓住陆澄纯软弱的特点强暴了她，之后又多次想强暴她未遂就一直骚扰她，后来她就怀孕了……

张元再听不下去，一把推开正靠在自己肩上背单词的女友："她在哪儿！"女友被吓了一跳，嗔怪着看着一反常态的张元。

那边还在继续说；"这几年她常听说你过得不错，每次听到你的消息都又哭又笑……让她接电话？哦对，她上个月被我赶走了，我知道她心里都是你，我强求不来，她知道你的大学地址，她应该会去找你，好好对她……"

张元在地上呆坐了很久，女友被他凝重的表情吓得不敢说一句话。他突然拿出手机，打电话让小姨把鸽子送来。他想，等他再见到陆澄纯，他就把鸽子还给她，在大学旁边给她租个房子，就能回到以前那样，对，就以前俩人特好时那样。他愿意每天喝带着腥味的海带排骨汤。

电话那边小姨剔着牙："早死了嘛……上个月死的。"

张元最终没能等到陆澄纯，千方百计也联系不到她。

其实陆澄纯来找过张元的，她站在篮球场外一眼就认出了他，正想过去，就看见他女朋友上去为他擦汗。听说他过得不错，现在看起来是真的。那个女生那么干净美好，白色棉裙罩着盈盈一握的腰身，浑身舒展着像正在进行光合作用的百合花。

她低着头看了看自己身上那件肥大的父亲的旧衬衫，转头走开了，没有人注意到她，夏天的风钻进她的头发里，衬衫里，也钻进她因为过于干瘦而肥大的裤腿里，和她的眼泪一起逐渐滚烫起来。

我最好朋友的日记

别墅里空盛了半年的孤寂，满是玫荔居住在这里时的气味。在她死后这里被塔灰和潮气腐蚀，再加上长期无人居住打扫，这种气味成为了一种特别隐秘且令人窒息的味道。我讨厌同行来此的人把这叫做"臭"。

所以我都是一个人来。

半年以来我习惯在疑惑和痛苦时开车来到这儿。每次我坐在二楼的琴房里，让自己的手指在琴键上肆意地蹦跶，弹出的琴音就会不堪入耳到如同石子砸脑袋。但我毫不介意，这房子占地面积太大了，以至于这声音不会传进其他人的耳朵，反正我也只是为了发泄发泄。前几次有人陪我来的时候，他们皱着眉听我弹出的可怕音符，告诉我在大学时我曾把钢琴学到了十级。

我并非不敢相信，半年以来我习惯了这样出其不意的事情——比方有人突然告诉我，现在每天和我一起搭档给我脸色的晋泉以前和我关系很好、那个帅气上司是我以前无论如何不肯接受的追求者之一……甚至他们一致认定，我和出事前完全不是一个人。

"你以前对谁都冷冰冰的，"他们说这话的时候通常耸肩或者瞪着眼睛微微摇头，让人看起来无奈但又挺喜悦，"现在你真的太讨人喜欢了！"他们很快会笑起来，然后把手里没做完的工作或是没吃完的零食分我一半，而我会笑着接受，打开电脑把文件整理出来或者把零食塞进嘴，我都同样乐意去完成。

半年前一个灰蒙蒙的早晨，我在一阵头痛欲裂中醒来。微微睁开眼时旁边的机器开始响，然后护士和医生奔走相告。那时我没有力气把眼睛完全睁开，只看到有一扇擦得不是很干净的窗露出灰暗的天空，就又睡过去了。等我再次醒来时就有力气完全睁开眼睛了，那时窗上的天空已经变成了夕阳的金黄色。我不知道两次看到的天空是不是同一天的，但视线之内的金色天空很快就被很多人头挡住了，有我突然变得很老的父母，化浓妆的高中好友易倩，还有几个不认识的男人。他们展现出的表情各不相同，有的哭有的笑，但是可以看出隐藏在他们不同表情下的情感都是因为我醒来而产生的喜悦。

印象中我是个刚高考完的学生，看到眼前的景象，我想或许是我出了事故导致自己昏睡了过去，于是我问他们我睡了多久，有没有耽误大学报考。

"朝雨！"他们叫了我的名字然后就惊得呆住了，周围的人就这么静了好一会儿，父母的眼泪流得更多了，他们苍老而瘦弱，互相倚靠着说不出话来。易倩——我高中的同桌，她坐到我身边握住我的手，告诉我，我已经二十六岁，在一家影视公司做编剧，这次是拍摄事故——我不放心文替帮忙改本子，非要跟着拍摄组进入一座深山，结果车翻了。

"啊……"我不知道该说些什么，脑海中最新的记忆还是我即将和高中三年的男朋友以东一起毕业旅行。我晃了晃头，问易倩："以东呢？"

易倩瞪大了眼睛不说话，她站起身跑到屋外叫来了医生，医生问了我一些有关记忆的问题，然后断定，我是因为头部撞击而失去了这些年的记忆。

"该死，这么狗血的事情为什么会发生在你身上？"易倩接我出院时一边开车一边说着，父母坐在后座上，交流着袋子中一盒盒药的吃法。我坐在副驾驶上，看着易倩，有些急切地问："以东呢？"

她的紫红色法兰绒防晒手套在方向盘上缓缓地滑动着，眼睛平视前方："以东？你说高中那个以东啊，我可不知道你们后来的事，你高中毕业就不再把私事和我说了，你所有的事情都只和玫荔说……"

"易倩！"父母异口同声地叫住了正在说话的易倩，易倩也似乎觉得自己说错了什么，赶快闭上了嘴。我过于疲惫没有继续追问，看着车窗外交错枝叶投下的婆娑阴影，合上了眼睛。

开始的一个月我很嗜睡，可以在任何地方睡着。办公室饮水机旁的地毯上，和同事讨论剧本的会议桌上，我居所的高跟鞋架旁，甚至有次早上我醒来发现自己在浴缸里，浑身是已经变干的沐浴露泡沫……

但嗜睡并不使我烦恼，真正使我烦恼的是人际关系。

对于人际关系的把握能力，我还停留在高中如何与同桌和班干部相处的层面。我不知道出事前我与各个同事的关系是怎样的，也不知道公司里的人际关系该如何处理。

于是我索性按照高中时的性格——想怎么来就怎么来，和高中时一样爱笑开朗，直来直去，结果一个月下来同事们都与我相处得很好。我像高中一样和人家互相分享零食，早上不等落座一块巧克力已经被对桌的助理女孩塞进我嘴里。

"你以前从不吃零食，"她笑嘻嘻地露出染成巧克力色的牙齿，"还很严肃，不许那些下属上班时吃零食。"她照着镜子把牙齿用舌头清理干净。

经过这段日子的生活，我已经大致明白了失忆前的我是怎样的形象——一个刻板严肃，除了工作关系以外不肯与人建立任何联系的编剧组组长。

但我想了解的并不是工作时的我。

"你知道我上一个男朋友是谁吗，我最好的朋友是谁，你知道我以前有什么爱好吗？"我嚼着巧克力问她。

她摇摇头："你所有的事情都只和玫荔说，"她打开一包新的黄瓜味薯片，"朝雨姐以前是个无法亲近的上司哦。"她笑眯眯地补充。

这是我第二次听见玫荔的名字，对桌的女孩马上捂住了嘴，好像说错了什么，她小声地念叨了一句"对不起"，然后开始工作。这时晋泉顶着他散发着发胶味的中分头走进了办公室，将一打文件放在我桌上。

不等他开口说话，我就问他："玫荔是谁？"

他大概是整个公司里唯一一个不会在意我是否受刺激的人，这一点我从他一贯的态度可以感觉出来。

"你最好的朋友，咱们公司唯一的女摄影师，在你出事的这次，死了。"他冷静地看着我的眼睛，流利地说出这一切，然后拍拍文件扬长而去。

办公室的木门被他有些用力地关上，对桌的助理女孩白了他背影一眼，然后带着有些得意的笑和我说："他这次的创意又被否了，但你的通过了。"

我重新与以东在一起了。他听说了我的事情，第一个赶过来看我，为我打扫房子，每天叮嘱我吃药。在入冬时他帮我清理壁炉，然后我们在壁炉旁抱在一起取暖。当我问起高中时我们为什么分手的时候，他告诉我是因为异地学习很忙，就分开了。

这倒是一个很合理的结局，我所知道的大多数高中情侣都是这样分开的。

而现在的我做着从少年时代就梦寐以求的工作，感情状态也很完美，我想自己可以幸福地生活下去。

但是很快，疑惑充满了我的内心，生活渐渐像是壁炉中的火苗，不确定地跳跃着，不时冒出一些意想不到的形状，这些形状并不会影响火苗的温度，但是它使我疑惑——我开始对周围的一切充满恐惧和怀疑，上司偶尔不自然的笑容，某个客户突然提起我穿过某件裙子时的意味深长，甚至夜里噩梦醒来时身边安慰我的以东的眼神，在夜灯映衬下其实很自然的闪烁，都使我疑惑。

我不知道发生过什么，关于过去的六年，我只知道自己做过什么工作，哪些项目失败、哪些成功了——这些都在公司的记录上；还有我爱吃什么——父母都牢牢记着，他们说我爱吃一种新的鱼腥草蛋糕，但我去吃时却觉得那味道恶心极了。

对于以前的私生活——我与谁有过节，谁帮助过我，甚至我爱过谁，我都一无所知。我在与所有人的相处中手足无措，我时刻保持着开朗，却又惶恐着不知道哪个人曾经和我有过节会绊我一脚。

只有玫荔知道。

玫荔的死带走了一切的秘密。我得做些什么，总能找到些什么的。

我首先收拾了自己的书房，很遗憾，我没有日记。父亲说我工作后变得疑心很重，从不肯给人留下任何把柄，就连社交网络的主页也只偶尔发一些"下午开会通知"之类的话。翻看几年来我写的文章，也都是没有我生活踪迹的。

以东在厨房里忙着煮鱼头汤，他把热气腾腾的砂锅端到我面前，然后坐下把碗筷递给我。

"我想去找些有关玫荔的东西。"我喝下一口汤，他的厨艺比高考时精进了，那时每次大考试他都会从家里做鱼汤带过来，腥气很重的那种。

"找这些做什么，现在不是很好？"他的眼睛又开始闪烁了，我不确定是不是因为餐厅五彩玻璃灯的原因，我盯着他的眼睛用力地看，他低头喝汤，笑着说："朝雨，你是有什么工作的事情想不起来了？"他把一块鱼肉放进我碗里，"可以问助理嘛。"他还是带着笑容。

夜里，以东已经沉沉睡去了，我却在脑海中一直回忆他晚饭时的笑容。渐渐我的意识开始不清晰，以东晚饭时的笑容在回忆中变得有些诡谲，这使我更加确定要去找有关玫荔的一切。

我回到父母家，父亲正在收拾我的书房，他也非常积极地在帮我寻找着什么。我打开床下的抽屉，里面是我高中起就放了很多纪念品的"百宝箱"。百宝箱里什么也没有，但是百宝箱旁边的抽屉里有一把钥匙。

这把钥匙很大，旁边还拴了很多看起来像是各个房间的小钥匙。父亲说这应该是玫荔家的，因为玫荔每次出远门拍摄，我都会到房间里拿钥匙去帮她看家。

我和对桌的助理女孩一起来到了玫荔家，开门就是扑面而来的潮气和垃圾发臭的气味。对桌的女孩捂鼻子："好臭啊。"我有些不悦："哪里臭了，快帮我收拾收拾。"于是我们一起把垃圾扔掉了，然后对桌的助理女孩就说自己还有工作先离开了，看得出她不愿在这里多待。

临走时我问她："你说玫荔会有日记之类的吗？"

她摇摇头："我怎么可能知道她的私事？但是她和你一样严肃，你也看到她的社交网络主页了。"的确，玫荔的社交网络主页也是一堆的会议通知和年终总结。

半年以来我经常来到这里。有时是在我工作失败时，怀疑某个同事捣鬼，有时是以东在一些话题上莫名躲闪时，我不解……但总之只要有因为失忆使我疑惑的事情，我就会跑到这栋别墅里，失落时静静坐一会儿或者在气愤时四处翻玫荔的东西。玫荔的东西都很整齐，从社交网络上我知道她是个处女座，但除了这些，我对她也一无所知了。她是我工作后最好的朋友，所以理所应当的，她也因我消失的记忆变成了一个陌生人。

　　我猜玫荔如果还活着一定会生气，因为她家的每个角落都被我翻得乱七八糟。当然我也没找到什么有价值的线索，她家里唯一与我有关的就是一本薄薄的相簿——里面有几张我们的合影，但场景都很单一，全是同事聚餐或者在某个咖啡厅过生日。

　　我的疑惑开始变为焦躁，我用力忍住自己的暴躁，不让生活一塌糊涂。依旧开朗地面对同事，通情达理地处理好工作，下班回到家开心而单纯地面对以东。

　　但是我的内里却翻江倒海。

　　同事之间悄悄话时捂嘴的动作、某个上司开会时对我的频繁提问、以东偶尔看手机时的入神……我知道这一切都是日常生活中再正常不过的细节，可这些令我疑惑到抓狂。

　　父亲也在努力地帮我寻找着，他联系了玫荔的父母。可玫荔的父母也和我的父母一样，对我们的事情一无所知。

　　中午下班时下起了大雨，以东没有来接我。我到公司的车库取了车，没有目的地开到了玫荔家。

　　我坐在钢琴旁，让手指在上面肆意蹦跶。

　　我的手指越来越快，弹奏出的声音也越来越不堪入耳。突然我开始愤怒地砸琴，没有理由的愤怒，但我在心里早就为自己找好了理由，此刻有一千个可以使我生气到砸琴的理由：晋泉的刁难、下属的议论，甚至可以是——以东没有来接我……

在砸到最右边的高音区时，我发觉有几个琴键是没有声音的。

这个新发现在某种程度上暂停了我的怒气，我掀开三脚架钢琴的盖子——调音师才会打开的部分，有一本玫瑰色的日记，上面甚至就清清楚楚地写着：玫荔的日记。

我都来不及惊喜尖叫，双手颤抖着打开了这本我最好朋友的日记。

上面清清楚楚的写着，那个经常提问我的上司是曾经利用家庭关系把我升职机会夺走的同期；对桌的助理女孩每天都会在我的咖啡里吐口水；以东是在大学时和校长的女儿在一起才抛弃我，他还为了讨好那个女孩刻苦练习了煲汤，还给那个女孩买我最喜欢的大白兔……

我越看越愤怒，此刻我确信自己眼中的怒火可以点燃这本日记。

我越翻越快，日记本在我颤抖的手中几乎快要抓不住，它一下子翻到了最后一页。这一次我的愤怒又消失了，最后一页写着：这本日记里的事全是相反的。紧跟着这句话是玫荔的鬼脸自画像。

我一下子像是泄了气的皮球，日记本的最后一页使一切事情又无从考究。我瘫坐在琴凳上，过了好一会儿，我拎着日记本走出玫荔家，坐进车里。

　　车子是个密闭的小空间，它给的安全感让我振作了一点。我小心翼翼地拿起那本日记，开始看刚才被我快速翻过都没看的几页。

　　在接近最后一页的一篇日记里，玫荔写道：今天是我最好朋友——朝雨的生日，她说现在活得很累，多希望自己能像婴儿一样什么都不记得，重新开始人生。当然这是不可能的，但是我爱她，希望她快乐。

　　我呆呆地看着这一页，抚摸这段文字，感到无比的困惑，如果这日记是真的，那么可能如今的生活就是我从前的梦想，可我也分不清这日记的真假……这张纸比这本日记的其他纸摸起来要硬些，我翻过去，原来这张纸的背面贴了一张我和玫荔的合影，上面是脸上涂了奶油的我和嘴里叼着烟卷的玫荔。她看起来很酷，还有些调皮，像是我会想要交朋友的女孩类型。

　　我跟着手机导航开到墓地时雨已经停了，在一排排的墓碑中穿梭了好一会儿才找到玫荔的墓碑。她的墓碑前有些烟卷和一个打火机，还有大把大把的满天星。墓碑的照片上微笑着的玫荔仍然是那么陌生，她对我来说比我过去那些年的记忆还要未知。

　　我拿起打火机将那本日记点燃，玫瑰色的封皮和淡黄色的扉页渐渐烧成灰黑色的粉末，一阵有着与雨天不符的干燥的风吹来把它们全都卷走了。

　　我和玫荔说了再见，然后开车回到公司上下午班。我像往常一样开朗地面对同事和工作，下班时笑着跑向以东的车，用嘴接住他剥开的大白兔。我们开车回到父母家，母亲出去买菜了，父亲见到我和以东，笑眯眯地问我："找到了没有？"

　　"我再也不找啦！"我把碗筷端上桌子。

蓝色昝儿很悲壮

倪虹再也没法正视西红柿了，西红柿有罪，西红柿很有心机地先给她希望——尽管她并不清楚自己希望的是什么，却十分确定内心的希望被西红柿毁掉了。

她已经恨透了西红柿，可她又对西红柿的神秘怀着无比的敬畏，因为西红柿会唱歌，一种神圣的令人生畏的歌。

她确定自己已经听到过好几次了。

那天她开着摩托追捕开黑摩的的两名黑车手，黑车手十分狡猾地进入杂乱的菜市场，买菜的人很多，为黑车手提供了很好的掩护。尽管倪虹将摩托鸣笛按个不停，人们依然很慢地移动，其中带头开路的黑车手车技十分了得，左右扭动着车把，车身像蛇一样油滑地穿过人潮，马上就要不见踪影。另一个黑车手紧随其后，也马上就要成功逃脱。

倪虹急得呼吸发抖，并不是因为这两个黑车手，是周围的西红柿让她抓狂。

一个月前抓捕毒贩行动失败，特马头被逃跑的毒贩用从队友手中抢过的 54 式手枪在肚子上开了个洞。毒贩向远处跑去，倪虹没有继续追，她甚至忘记了开枪打那个逃跑的毒贩。她把特马头的脑袋扶起来，摇晃着他说："特马头，别睡，救护车马上就到了。"对讲机里的队长叫他们再坚持一下。

特马头的脑袋慢慢地要歪过去，倪虹将他的头正过来。特马头平日里浆洗的有些发硬的警服此刻又红又软，倪虹晃了晃特马头的脑袋说："别睡，再坚持一下。"

特马头眯眼看着她，用很大的力气吸了一口气说："小兔子，别晃，疼。"

这是特马头的最后一句话，说完他就越来越软，最后掉出倪虹的怀抱，以一种怪异的姿势躺在地上，肚子咕嘟咕嘟冒血。他开始最大限度的蜷缩起来，血从特马头身下漫出来，他像个摔破的西红柿，咕嘟咕嘟地作响。那是倪虹第一次听到那种歌声，是西红柿甜滑的体内不断被坚硬物品搅碎的声音，又酸又痛的歌声。那时倪虹想，特马头死后变成了西红柿，或者说他原本就是个西红柿。

而此刻菜市场里的西红柿像好多个血团子，在采购者手下滚来滚去。打头那个黑车手在人群中回过头，挑衅地笑了一下，挥手做了个再见的手势。倪虹一下拧了油门，她并不打算追过去，但是摩托车轰的一响发出了冲刺的前奏。

黑车手吓了一跳，急忙开摩托飞奔，可还没冲几米，菜市场就响起一种歇斯底里的爆裂声，那爆裂声带着难以形容的恐怖，无形中变成一辆直达地狱的快车。

前奏是一声婴儿的啼哭，然后打头的黑摩的撞在了墙上，摩托车弹回去钻进了一个摆水果的大木板下，将木板垫了起来。被甩出去的打头黑车手撞翻了旁边的婴儿车，婴儿被甩在一堆西红柿上，吓得已经忘了哭，瞪大眼睛茫然地望着四周。但突然，从天而降的一辆摩托车将婴儿砸了个稀巴烂——是第二个黑车手失控骑上了被第一辆摩托车高高垫起的木板，他和摩托车一起飞起来，砸在婴儿的身上。

这大概是这支地狱进行曲的高潮了，但倪虹突然开始耳鸣，她什么都听不见。婴儿的母亲昏倒抽搐，人群像好几窝蚂蚁，有的聚起围观有的四散逃开，她看见前方混杂的一切，开着摩托车掉头就跑。逃离时耳鸣突然消失了，那一刻她又听到了那种声音，咕嘟嘟，嘶啦啦的，她回了一次头，发现是簇拥着婴儿血肉的烂西红柿在唱歌。

被革职后倪虹常一个人躺在院中的藤椅上闭目养神，其他时间去开洒水车。她的家在城北的别墅里，这栋房子是丈夫留给她的，院子里长满了各式花草，规律而整齐地按颜色由深到浅排列开来，倪虹从不修剪，但它们永远像丈夫还在时一样整齐地生长，让她常产生丈夫还在的错觉。为了让这错觉更像真的，她将丈夫用的东西全部完好地保留着，包括丈夫为了练字储存在书桌上的十大瓶蓝色钢笔墨水，都整整齐齐地放在那里，似乎在等待丈夫使用它们。墙外高大的树木将房子层层包裹，加上它在别墅区的最里面，所以像是隐形了一般，猫狗都不曾进来逛逛。

特马头第一次来这里时又赞叹又伤感，他晃着倪虹躺着的藤椅感叹："真是栋寂寞的房子啊！"

说完他俯身开始亲吻藤椅上摇晃的倪虹，倪虹转过头，用手堵住特马头的嘴，笑嘻嘻地："什么都行，除了接吻。"

"好吧，"特马头有些遗憾，但还是十分卖力地做了起来："花排那么整齐做什么，各种花掺在一起开才好看啊。"他喘着气，声音低哑。

"我丈夫做的。"倪虹的脸被透过树叶的月光打得斑驳。

风从爬满藤蔓的铁门溜进院子，将所有花草吻上一遍，兜转在各个角落，绕好几圈，最后携带着香气扑向满身大汗的两人。

"你该走了。"倪虹推开伏在她身上的特马头，灵巧地将自己从他身下抽出来，起身开始穿衣服。见他没有马上起来的意思，又重复一次："你该走了。"

特马头垂头丧气地坐起，仰视着倪虹，"我很累，能在这过夜吗？"

倪虹摇头："不，你马上走。"

特马头只好穿衣服，穿得极其缓慢与不舍，扣每一颗扣子都要停顿一下。临走时他指着院子里几株刚结了青红相间果实的西红柿苗："能摘一个吃吗？"

倪虹眼里含着笑，仿佛在笑一只过期还想上餐桌的凤梨罐头，头摇得像拨浪鼓："不。"

特马头头也不回地走了。

倪虹从不觉得这房子寂寞，丈夫死后她常领不同的男人回来，有时是朋友，有时是特马头这样的同事，有时是陌生人。但他们对倪虹来讲没什么区别——统统都是丈夫的替代品。每次完事后倪虹都急于将他们赶走，然后自己进屋趴在床上，借着还没消退的快感沉沉睡去，幸运的话丈夫会来她梦里。

没有例外的，每个男人都对这栋世外桃源般的房子表示由衷的赞叹，但倪虹从不让人在这里过夜或进入里屋，所有事一律在院中的藤椅上完成，也不让任何人来第二次，无论对方怎么乞求。

但特马头来过好几次，他是个尽职尽责的好警察，真名叫特建新，常来找倪虹探讨工作——就只是单纯的探讨工作而已。他也是唯一进过里屋的人。案件资料太多时倪虹要在下班时间继续研究，她会坐在藤椅上一页一页地翻着，毫不在意自己多久没有进食。此时特建新就会进入里屋做饭，用最简单的西红柿做出许多花样来。难得倪虹抬起头吃饭休息的空当，他就与倪虹讲有关西红柿的种种：西红柿不能和黄瓜种在一起，但将西红柿与黄瓜层层叠叠放在一起撒上白糖会有西瓜的味道……

有次特建新讲这些时倪虹正在翻一份英文案件资料，她突然抬起头，用蹩脚的英文讲："tomato，特马头，反正你也姓特，以后就叫你特马头好了。"

"那你眼睛那么红，就叫小兔子吧？"特马头为自己在倪虹这里得到的一点特殊待遇而兴奋地回应着，他盯着倪虹的眼睛，试探着叫："小兔子？"

倪虹没有回应他，将正在与他对视的眼神拽回到手中的资料上，把头低低地垂下，不想让特马头发现自己正在脸红。

然后她听见特马头轻轻地笑了，在院子里兜转的风顽皮地扑过来，吹在她额头刚冒出的汗珠上，滚烫又凉爽。

那天过后丈夫很少再来她梦里了，梦里常出现的场景是她坐或躺在院中的藤椅上，里屋传来切菜炒菜的声音，一个模糊的身影忙来忙去，她很努力地瞪大眼睛却看不清那个人是谁，往前走却发现怎么也接近不了那个明明属于自己的屋子。

深夜的城市很整齐，不像白天有无数四处走动的人破坏这种另类的庄严。夜幕中的城市，马路都更加开阔，微黄的路灯将所及之处打上高级柔光。洒水车经过的路口，红绿灯在地面上会映出带颗粒感的颜色，一切都是斑斓而祥和的。

倪虹最喜欢这样的时刻，她坐在高高的驾驶室中，偷偷将提示音关掉，按下高位洒水，喷洒范围一下子变大，肆意地用水做成的触手去勘探周围一切事物，将它们淋湿。偶尔淋湿草丛里一时兴起的小情侣，她会加快车速跑掉，有时淋湿一两个夜行人，会被怒气冲冲地敲窗户。每当这时倪虹就睁圆自己的兔子眼，友好地邀请被淋湿的人上车来，送他一程。

在车上，淋湿的人往往只在一开始有些怒火，但用不了一会儿他就会被这些只有驾驶室才能独享的风景吸引，甚至会叹着气赞美："唉，真好看哪！"临走时被淋湿的人已经怒气全消，会笑着道别，有些人会站在原地目送倪虹"腾腾腾"地远去，更有一个夜里去进货的卖菜大妈，给了倪虹一个西红柿。倪虹没有吃，那个西红柿一直放在方向盘的右侧。

倪虹永远是笑盈盈且沉默的，她只会问被淋湿的人要去哪儿，然后在就近的路口放他下车。此外无论对方问什么，她都沉默。

倪虹并非有意不说话，她也很寂寞，也想有个人作伴。但她就是拒绝打破这份宁静。倪虹爱这个夜幕下的城市，它像一条不完全静止的长河，极缓地蜿蜒着，更像一场冗长绵软的梦，有无限的可能性，而且很久很久都不会醒来。

洒水车的路线由城南直穿城北，城市是个活体，它野蛮生长，将水泥森林一步步向外扩大，于是这路线就如四季一样变幻，由水泥森林逐渐显出些曾经村庄的影子，温度也因为植被的缘故高低不同。过不了多久村庄被推平，新的水泥森林又郁郁葱葱长出来。倪虹在上班一个月后接到通知，城南在施工，要将线路再向南延长一些。

于是倪虹在一个太阳把人蒸干、所有人都躲在屋中吹空调的正午，坐在蒸笼一样的驾驶室中打开高水位为这个城市降温。高水位进行扫射般的喷洒时，从窗外过来的热风会因经过水雾而稍稍凉一些，变凉的风给倪虹头皮上的痱子带来不少安慰。她顺着线路一直开下去，水泥森林逐渐退后，平房与丛林迎过来时温度降了一些，痱子也不再那么难以忍受。

再向前开去是一座刚修好的大桥，桥的尽头就是城市边缘，倪虹打算调头返回，却意外在桥的尽头看见一抹与这座城市灰黑色建筑格格不入的一抹蓝——更准确一些可以形容为酱蓝色。在大桥的边缘，水泥与土地相接的微妙地带，一间小小的、报亭那么大的房子立在悬崖上，它身后是"万丈深渊"——城市的母亲河在它身后汹涌地翻滚。

这样的处境光是看着都要心里颤一颤，但那座小房子似乎很坚定地立在边缘地带，一些杂树丛很够义气地用自己的根系将那里的土地扎得结实，身后的河水似乎也刻意拍打得不那么高——与工业无关的事物都对这间房子有着万分的怜爱。

倪虹将洒水车开近，发现小屋是用木板做的，但木板上大部分覆盖了蓝色的铁皮，上面画满了大小不一的"拆"字，有些是刚刷上去狰狞的猩红，有些则模糊得快要看不清。窄小的门上挂一块硬纸板，大大地写着"理发"。

推开狭窄的门，屋里并不太暗，倪虹因为气温过高有些昏沉的脑袋被眼前的场景抖了个激灵，轮椅上一个四十岁左右的男人对着一张旧画报上有些发黄发皱的吊带连衣裙女郎快意地喘着气，一只手在裤子里飞快地移动。

倪虹的出现带进一阵热风，提醒男人有人来了。他回头看了眼站在门口愣住的倪虹，若无其事地将裤子系好，有些费力地转动轮椅掉过身来，面无表情："理发么?"

倪虹点了点头，她不知道为什么自己愿意在这样一个尴尬的地方理发，但她还是坐了下来。屋子就简单的一间，四周的墙都被粉刷成酱蓝色，各个角落摆着几个有轮子的"连镜桌"，男人将其中一个推到倪虹面前，套上手套，把轮椅升高。

"剪短?"男人拉起倪虹的一缕头发，看到里面的痱子。

倪虹点了点头，透过镜子她看见男人一双手拿了梳子剪刀飞快地在自己脑后忙活，由于身后的小电扇离他们太近，剪掉的碎发没能直接落在地上，它们在小屋子里乱飞，迅速钻进各个角落。

"你是第一个进屋没问东问西的人。"男人将轮椅调低一点，开始修剪下面的碎叉。

倪虹晃了晃脑袋，企图将脸上让她发痒的碎发晃掉，男人严肃的按住她的头："别动，会剪坏。"

倪虹只好忍着有些发痒的脸，看着镜子里的男人："理发的不多吧？你一直都在这儿，不做些别的？"

男人也看着镜子指指自己的腿，拍拍轮椅，皱着眉笑了："也做不了别的。"然后他扯下倪虹身上围的理发布，"好了。"

倪虹站着由上往下拍拍满身的碎发，调侃他："手艺不行啊。"

男人哼着笑了一声，随后有些不适地捶捶轮椅上的腿："那就不收钱了，交个朋友，我叫李卡。"

倪虹将凉鞋上的碎发踩掉："剪成这样也不想给你钱，"踏出门口前她晃着鸡窝一样的头发笑着回头，"倪虹。"

有李卡的蓝房子军旗一样立在线路终点，在正午开车穿过干热的市中心也不再那么难以忍受，大概是因为有了盼头吧。为了快点到达那个蓝色旮旯，倪虹会将车速调快些，在返回前挤些时间出来和李卡聊天，这成了她每天生活中唯一的小快乐，但也说不上快乐。有时带些熟食和花生米，夜班时聊上几个小时再开着洒水车"腾腾腾"地回去。这样一整天结束后总不会那么绝望。

回去的路上她依旧不开提示音，夜里被淋湿的行人，她载他们一程，放他们在某个路口下车时她会盯着方向盘右边的那个西红柿发呆。卖菜大妈将它送给自己时它还是青色的，现在大部分有了不自然的红，有了些发蔫的快乐。

倪虹打趣过李卡："你这个年纪的不都叫'建国'、'为民'，你怎么叫卡？"倪虹拿起酒盅嘬一口，啃着鸡爪撇嘴笑，"该不会小时候总被卡吧？"倪虹指的是男孩子们小时候的那个游戏——几个人抬起一个两腿被迫分开的男孩子，朝着树或者电线杆撞过去。他们管这个游戏叫"卡人"。

李卡十分认真地讲起自己名字的来历。

他出生那天爹攒够了钱，成了全村唯一有卡车的人，于是他就叫李卡车。从小他就痴迷那辆卡车，爹将卡车停在门口回家休息时，他就爬到驾驶室里又摸又亲，闻卡车的每一处是什么味道。他最喜欢卡车的酱蓝色，比天还蓝。喜欢卡车很大，很壮观，有十几个自己那么大。

"我爱死卡车啦，它多壮观，它和我的命一样！"李卡微微醉了，用手搓着轮椅的扶手，倪虹能感觉到他在颤抖，轮椅在她面前微微晃动着。

李卡继承爹的卡车没多久，就翻进了盖楼施工时挖的沟，双腿截肢，卡车也毁了。

"车没了，李卡车就只剩下李卡了。"李卡有点哽咽，脸上苍老的皱纹惊人的露出年轻人才有的悲伤，小孩子一样。

倪虹盯着李卡看了一会儿，低下头继续喝酒，风很大，外面的树枝噼里啪啦抽打这间屋子上的铁皮。倪虹喝完最后一口酒："没办法的，"她穿上因为热而脱下的球鞋，"什么办法都没有。"走之前她笑了:"总归,潇洒些吧,没了就是没了。"

开车回去时倪虹走了另一条路,是从前和特马头夜里巡逻时走的那条。

最后一次一起巡逻是出事前的晚上,巡逻到 24 小时美食店时特马头下车买了两个煎饼和几盒小菜,装作不经意,或许是真的不经意的提议,下班后可以去倪虹家的院子里吃个宵夜。

倪虹低头在副驾驶上摆弄手机,抬头"啊"了一声。特马头知趣地耸耸肩,将煎饼地给她:"那你现在吃吧,凉了不好吃。"

倪虹开始小口小口地咬煎饼,特马头将几盒速食小菜打开,在方向盘右侧的台子上摆好,分开一双一次性筷子给倪虹,一言不发地开车了。车开得很稳,姜汁皮蛋的姜汁一点点都没有溢出来。

倪虹清楚地记得自己是动摇过的,那晚如果特马头再说一次,她或许会同意,或许会让他进里屋?她记得特马头的脸被窗外打进来的各色光晕照得忽明忽暗,坚挺的鼻翼像一道危险的、随时会发生泥石流的陡峭山体,让人因为这一刻它是安详的而感到安慰。

隔天夜里她开车过来,淋湿了一个在附近施工的农民工,农民工带着一身的水泥味儿爬上车,他要去的地方刚好是李卡所在的大桥。

"顺路,刚好。"倪虹开着车,有些抱歉地变相安慰农民工。

"几点下班哪?"

"我过会儿也下班,你天天来吧,看你好几次了,一会儿我和你一块回?"

农民工一直兴奋地和倪虹搭讪,是男人的那种赤裸裸的兴奋。见倪虹不理,他拍拍头上的灰土,露出满嘴黄牙,喷着恶臭的口气向前探着身子,离前面坐着开车的倪虹很近:"混个觉不?"

此时已经上了桥,倪虹将车速开到最大,车很快到了桥尾。

"你到了。"倪虹尽力将身子向前探着,最大限度地离他远些。

农民工拉开车门下了车,倪虹刚要开车,突然自己身边的车门被拉开,农民工一只手拉住她的腰带,一只手拉住她的脚,一下就把她拽下了车。倪虹重重摔在地上,疼得都叫喊不出声音,农民工拉住她的两只脚开始往树丛中拖。

"天天我在这干活,就见你净往那瘫子屋里跑,跟他怎么干啊?"农民工跪在倪虹挣扎的腰身上,"他用手和你干啊,他也配?"倪虹拼命用手推他,双腿不停地踢。农民工就干脆骑在她脖子上,解开裤带,"让你见见真家伙。"见倪虹不老实，他又狠狠给了倪虹一巴掌，倪虹被这巴掌抽得晕眩又绝望，放弃了挣扎，她眼前都黑了。

是轮椅转动的声音打破了黑暗和绝望，李卡举着个小手机出现在树丛旁，像天兵天将一样，比神还威武地说："我已经报警了。"

农民工看了看李卡手中的手机，提起裤子飞快地跑了。倪虹从地上艰难地爬起来，李卡想过去扶她，却够不到。

倪虹出乎李卡意料的镇定，像跌了一跤一样站起来拍拍身上的土，就像被他剪坏头发时那样毫不介意，笑嘻嘻的："你怎么在这？"

"我看你这个点还没到，出来看看，你……"李卡偏过头去不看倪虹。

"我没事儿。"倪虹看到李卡偏过去的右脸红肿发紫，走过去伸手摸了摸，李卡龇牙咧嘴。倪虹将李卡推回去，想用酒给李卡消毒，李卡却躲开了，他拿起酒喝了一口，语气平静："让他们打死我，和卡车死一块儿，死的卡车那么壮观。"

倪虹搬了个理发凳坐下，歪头开始摆放成盒的小菜。

李卡说他让人将坏掉的卡车皮揭下来，贴在这间木屋上："只要在这个屋子里，就好像我还在开卡车一样啊。"李卡拿起一个烧饼像方向盘一样摆弄了几下，倪虹为这矫情的自我安慰苦笑了一下。

"别笑，我知道我蠢，也不配……你以后别来了，"李卡垂着头，双手开始摩挲轮椅的扶手，"还有七天他们就强行拆……"李卡突然捂住脸，喉咙里发出沙哑的呜呜声。

倪虹过去抱住他，贴着他的耳朵，小孩子诉说秘密一般："之前我只告诉你，我被警局开除后找了开洒水车的工作，但是我没有告诉你我为什么要开洒水车，因为开洒水车的时候，路边的人都会躲开我，感觉自己很有威慑力，就像警察在巡逻，等我不开提示音就淋湿别人的时候，会感觉好像是自己在暗暗追捕着什么，"然后她还笑了，说，"我们一样啊。"

李卡停止了呜咽与颤抖，身体僵硬了许多，连呼吸都平稳了许多，倪虹感到自己抱着一块雕塑，满是泪痕的人像雕塑。

然后她松开李卡头也不回地出门了，开着车在夜色中"腾腾腾"地离开，后视镜里李卡推着轮椅到门口，他存在于小屋门口散出的微黄光晕中，轮椅上的他看起来好小好小，卑微又无助，树丛在他上方像好多只大手在张牙舞爪，随时要把他捏碎似的。

在秋千椅上晃着望天，月光照亮所有角落，包括那些不曾修剪却依然排列整齐的，丈夫的花。

倪虹第一次走近它们，丈夫去世前她只顾着远远观赏，丈夫去世后她不敢靠太近。她蹲下身细细地嗅着，还能闻到丈夫的味道——丈夫喜欢睡前打理花园带回一身的香气，躺在她身边。她用手摸其中一枝夜来香，在根茎处摸到了硬物。

她低下头看，是晶莹的闪着光泽的东西。倪虹用小铲子挖了很久才把那东西挖出来，是一块长长的整齐的玻璃板，继续挖，每两种花之间都有这样的玻璃板，它们埋得很深，阻挡了各种花随意开放交错的机会。

倪虹愣了一会，把玻璃板摆好，跑进屋子拿出丈夫存下的十大瓶蓝墨水放进一个大包，换上一件吊带连衣裙，回头看看那些被翻乱的花草，背包出了门。

她将墨水全部灌进水箱，一路将城市染成蓝色，清晨时天边泛着的白光温柔地照亮地上有些不自然的蓝。

她推开狭小的门时李卡正在对着旧画报上的吊带连衣裙女郎发泄，回头看到倪虹，他低下头开始系裤子。

"不用系了。"倪虹穿着凉鞋吊带裙，晃着鸡窝似的头发，快步走向一脸惊愕的李卡，站在他面前，将吊带连衣裙带子松开，扒下两根肩带，连衣裙一下落在地上。

倪虹一条腿刚跨上轮椅，李卡抓住她的脚踝推开她："等一下。"他气喘吁吁转动轮椅，用各个角落的连镜桌将他们团团围住，然后看着倪虹在自己身上起伏动作。镜子里有好多个倪虹，她们山脉一样连起来，连绵而温柔地包围自己。

倪虹穿好衣服一言不发地出门，李卡呆坐在镜子中央，与自己面面相觑。突然倪虹从门口探进头，笑着示意他出来。

李卡推着轮椅到门口，他看见倪虹开着洒水车肆意喷洒着蓝色的水，周围的景物都蒙上一层蓝。

　　"是不是像卡车一样壮观？"倪虹把头伸出窗外向李卡喊道。

　　李卡拼命点头："明天就拆啦，别再来啦！"他大声喊道，用力挥手，告别一样。

　　倪虹笑着喊："你回去吧，会更壮观！"她也挥手，告别一样。方向盘右边的西红柿，有些烂，头顶开了花。

　　李卡回到屋子里，静静地坐着，角落里还有很多倪虹的碎发——他从不打扫屋子。碎发带着倪虹的气味和卡车皮的味道混在一起，充满整个屋子，屋子被这味道动摇了，李卡感到它在晃。

　　它真的在晃。

　　巨大的洒水车将小小的蓝房子推进汹涌的江水里，然后洒水车也飞起来，它们一起降落在带着城市美好希望，奔涌的母亲河里，溅起巨大的，喷泉般的水花。好壮观好悲壮。

山宇

扫一扫
引爆焦雨溪的小宇宙

不过如此。你的命运就是看着一座座塔耸起，一朵朵花开放，一个个孩子死去；除此之外，好像不成副的纸牌。

——塞尔努达

1. 淡绿色的指环

梦太冗长，乏味的三个场景换来换去折腾了八小时，终于捱到闹钟响起，她疲乏地坐起胡乱摸到遥控开关，电视里黑白雪花闪了一下，开始播放今日各星球领导人会晤的新闻，各种形状的脑袋和地球上的人类站在一起，好像人类身处许多奇异植物之中。然后她在发旧的紫色吊带纱裙外套上件杏色开衫，走到露台的木门旁，迎着薄荷小针一样的冷风，她习惯性地抚摸着无名指腹上那一圈淡绿色疤痕。

二百年前她遇到一个外星男人，是真的坐着飞碟降落在眼前的那种，那个外星男人俊美得有些极端，挑不出一丁点瑕疵，直到他开口说话她才相信那不是个塑料模特。

"嗯……"他有些羞涩，"我叫山宇，"他拿出一张单子递给她。"你是此区域内生命迹象最弱的未成年地球人，我们可以为你注射复生剂，作为交换，你要作为实验对象被我们随时监测生命迹象。"山宇因为递单子时碰到她的手而一下子缩了回去，余光中他竟然脸红了。

那时，将死的她半倚在病床上，觉得这一定是个梦，她笑一定是自己太想活下去了，所以做了这么荒诞的梦。可她还是认真地读了那张单子，所谓复生剂，就是一种可以使被注射者身体任意部位受到损害时都能马上再生的药剂。

"真有想象力啊，医学界的儒勒·凡尔纳。"她假装郑重其事地签上她的大名：佩荔驿。

然后她打趣地看着这个怪诞的梦如何继续。

山宇拿出一片圆形刀片切进她的无名指腹，再把多出她指腹的那部分刀片锯掉，不一会儿皮肉就恢复得很自然，只剩下一圈淡绿色的疤痕。

"然后呢?"她问山宇,"我是不是不会病死了?"她看了看那圈淡绿,一点儿痛感都没有,果然是梦啊。

山宇的脸红刚褪下,笑时肌肉都带着羞涩的僵硬,他点点头:"但你以后不能再随意做梦了,以后你的睡眠时间都只用来不断回忆对你最重要的人和白天里没完成的任务,这样可以大大提高你的生活效率。"

"啊……"她一副惋惜的样子,"这不也是一个梦吗?"她摸着输液的塑料管,"我活不过下星期了。"

彼时想活下去的她一定预料不到,未来的自己常想死想得发疯,这些现在她想再看一眼并觉得永远也看不够的花草啊阳光啊,在未来会让她乏味得想吐。

2. 母亲 I

当我按照千喜留下的地址,找到这座坟墓般被掩盖于深山中的房子时,已经是凌晨了。

　　与所有我见过的房子没有一丁点相似。在被几十座巍峨大山的层层包围的一片湖中，一座二层木楼建在一块木板上，远远地连着一块小木板，上面有些花盆，由于天还有些黑，并不能看清种了什么植物。房子前方靠近岸边的位置有扇门立在水中，门上有个我未曾见过的神像，两个半扇门板半开半合，被风吹得吱呀吱呀，神像微微倾斜着颤动，似乎只是装饰而没有实际用处。夜里山缝间吹进来的风推动湖水，木楼在我的视线中不明显地缓缓移动着，月光被大山挡住，只照到它尖尖的屋顶，发光的屋顶一会儿向左一会儿向右，但不会靠岸。后来我才知道，是窦师傅在承载木楼的木板下方拴上两个巨大的锚，使它无法在没人控制时大幅度地四处乱跑。

　　即使现在是盛夏，这里还是冷得让我无法下水。沿着湖一圈圈走，企图找到船之类的工具，但一无所获。我开始后悔穿千喜的裙子出来。千喜的裙子清一色都是这种款式——左边是厚实绣着精致花纹的长袖，右边则露出半个背和胳膊，胸以下到腰部只有一层透明薄纱连着下面的裙摆，裙摆是长到脚踝的，是在夏日更凉爽的蚕丝纱。

　　四周的树林刮起阵阵林涛，它们摇摆的方向各不相同，使人无法分清风从哪里刮过来。我找了一棵比较粗大的树干，在它下面蜷缩着，又冷又饿，不踏实地睡着了。

　　不知过了多久，有人推我，一股奇异的香气先进入我的鼻子，睁开眼时一个与我年龄相仿，皮肤白得反光，身着橙白条纹衣裤的男孩子蹲在我大大铺开的裙摆旁。手中捧着一块比他头还大的紫色石头（后来我才知道那是陨石），一双水晶一样透亮的大眼睛弯弯的，笑嘻嘻地看着我："你是甘沛吧？"

我没有回答他，而是凑近他，使劲地闻了一下。奇怪，他身上没有在千喜那里见到的男人们共有的臭气。我顺着他的胸口向上闻，尽量不让鼻子以外的地方碰到他。闻着闻着，我的鼻子凑到了他脸上，他好像觉得有点痒，也不躲闪，咯咯笑了。

"你是男人？"我皱着眉狐疑。

"如假包换啊。"他把石头放在地上，咧着嘴甩甩有些酸痛的手，石头碰到的草马上变成了和它一样的紫色。

"可你不臭啊！"我揉着有些酸痛的脖子，肚子大概因为受凉的缘故一直咕咕作响，小腹猛然有些撕裂的痛，我咬住了牙。

"谁告诉你男人都是臭的？"他的眼睛笑得更弯，伸手给我弹身上的碎草和土，我跳起来躲到一边："别，我不喜欢男人碰我。"

他本来有些尴尬，却马上望着我刚刚坐卧过的地方愣住了："你流血了？"

我看了一眼也愣住了，就在此刻一股热流又从我的身体中涌出，这大概是千喜和我讲过的初潮吧。我不知怎么回答他，他先开口了："我先背你去窦师傅那里吧，他叫我天完全亮之前带你回去，然后他带你去荔驿那儿。"

我将双腿夹紧，努力不让血顺着腿流下来："我自己能走。"

"那好吧。你跟着我。"他弯腰抱起地上的陨石向树林外走去，我夹着腿尽量迈着最快的小碎步跟上去。

这是我第一次见到司铲，他的橙白条纹衣裤在清晨的微光中，晃得地上的小草金灿灿的。我跟在他身后，他身上奇异的香气钻进我的长发里，进入裙摆与血腥混在一起，甚至钻进我的浅口皮鞋里，让我的脚底温暖起来。

3. 母亲 II

我跟在司铲身后，走进一个地窖似的入口，微亮的灯摆在入口下楼梯的两侧，这样微弱的光线使我看不清路，不敢下脚。司铲向我伸出手，我摇摇头表示自己能走，但刚走了几级台阶就差点跌下去，司铲将上衣连衣帽中的绳子抽出来递给我，我犹豫了一下，还是牵住了那根绳子。

"这里比较暗是因为这样洞口比较不容易被发现。"在楼梯的尽头，司铲解释道，然后他将手放在楼梯尽头的木门上，门一开就是个亮得有些刺眼的白色世界。

里面是大实验室的模样，来来往往的人穿着清一色的白衣服，戴着蓝色透明防辐射面罩。各个玻璃柜中浸泡或摆设着各种各样的陨石。大家都在实验台前专注地忙碌，没人注意到我和司铲。

在最里面的实验室中我见到了窦师傅。因常年不见光而过分发白的皮肤，微微发福的身材，站在一个巨大的圆柱形黑色木柜前对我说："甘沛，这一阵子科研人员陆续都会撤走，只剩下我和司铲，还有你，以后的日子要很辛苦了，"他顿一下，"你要先去见你母亲。"

"我来这里不只是为了完成千喜的遗愿——帮佩……我母亲，"我上前一步，"我是想知道更多有关千喜的事。"

窦师傅一瞬间露出些惊讶，随后他转向身后的黑色柜子，背对着我："千喜……你母亲知道许多千喜的事，但你不要马上问她，在这里熟悉一段时间再说吧，做事要紧，千喜应该也嘱咐过你，来这里要帮你母亲吧？"

我被装进满是陨石的箱子中，由司铲推着。我们被挂在一根缆绳上，从空中滑到那栋水中木楼的甲板之上。我只能从箱子底部的缝隙中看到人们脚踝高度的场景。许多人来来回回推着箱子四处走动，忙碌的脚步声从四面八方传来，不断有多个电子仪表在报数。

"4.2334991……"

"8.2302881……"

"……"

在司铲推着箱子上楼梯时，我得以从缝中俯视到楼下的活动，不断有人将陨石运上来，又不断有人将陨石运下去。在一楼正中央有个大大的圆炉，几个工人正不断将被运出来的陨石填进圆炉，然后把圆炉的玻璃门闭合，里面的陨石一下子就碎成粉末，粉末从另一个口出来，由工人运走。

我们进了一个房间。"荔驿，"我听见司铲说话，"甘沛到了，你要见她吗？"

一个有些轻佻的女声笑着响起："要见，要见的。"

司铲打开箱子，我站了起来，眼前是个中等个头，看起来比我还小几岁的女孩，她梳齐刘海两侧到下巴的短发，只穿了一件白色的吊带，坐在一个不着地的吊椅上，两条白皙的腿自然地垂在半空，光着的两只脚各连红蓝两根导线，右手上插着无数导线，无名指上一圈淡绿色的痕迹时快时慢地闪着光。

我怎么也不敢相信这个小女孩是我的母亲，我母亲理应是个与千喜年纪相当的妇人，于是诧异地下意识问了一句：

"你是佩荔驿？"

女孩笑着点头，饱满滚圆的双目变成两个半圆，露出一口细碎而整齐的白牙，上下打量我："你穿千喜的裙子？"

我点点头。

"真好看。"她笑着歪头，十分俏皮，短发轻盈地盖住她一侧的脸颊。她用左手扳起椅子左边的扶手，所有线一下子从她身上离开收回椅子中。她轻轻晃动悬在半空的双腿，椅子就缓缓降落在了铺红色法兰绒地毯的地面上，发出钝响。

司铲搬过一把椅子让我坐下，佩荔驿光着脚走到我面前，小而纤细的双手捧住我的脸，凑近我，笑得很温柔："一路过来，累吗？"

我有些紧张，声音一下低哑："不累。"她很香，呼吸都是香的。

佩荔驿有些发凉而潮湿的双手还捧着我的脸，她的大拇指腹在我的颧骨上摩擦了几下，笑着对我说："我不称职，不必叫我妈妈，也不用拿我当母亲，"她双手松开我的脸，张开双臂抱住我，"你长大了。"她的头深深埋进我肩膀。

不知为何我心中浮起一种莫名的亲切与熟悉，这时我才相信她是我的生母。

佩荔驿松开我，坐回椅子上："事实上我已经两百岁多了，你父亲——就是山宇，也离开两百年了，你之所以在我身体里这么久才出生，是因为复生剂改变了我的身体结构，所以你父亲离开的第一百八十多年我才有了怀孕的反应，"她活动一下肩膀，甩甩右手，"现在，也是我们一直在做的，就是找你的父亲。"她将头转向司铲，"你与她解释下工作程序，我再试几颗陨石。"

司铲将我带到隔壁的房间，这个房间的墙壁全是方形格子，里面是大小颜色形状都各不相同的陨石。

"佩荔驿是两百年前外星人的实验对象，出于保密，她不想被政府以及其他星球的研究人员当做研究对象，只单纯为了找山宇，因此我们的研究都是自行组织的。"司铲递给我一双手套，"佩荔驿右手无名指上的绿色指环是当时被植入的芯片，是寻找山宇唯一的线索，宇宙中星球太多，我们只能通过个各星球的碎片与佩荔驿的芯片进行匹配感应，才有可能找到山宇所在的星球。"司铲套上手套，拿起就近方格中一款陨石递给我，沉甸甸的，上面挂着标签，是密密麻麻的数字。

"这些都是频率相近的，我们企图通过相近的星球进行定位，再推出山宇所在的星球，但宇宙太大了，这些线索远远不够，我们需要更多的陨石。"司铲将陨石放回原位，我们退出了房间，在二楼的走廊上我们看见一楼大厅里的人还在不断忙碌，紧锣密鼓，热锅上的蚂蚁一样。

4. 会飞的灯塔

深秋时，实验人员和工人都陆续被辞退了，找陨石以及数据研究的重担一下子落在窦师傅、司铲和我身上。

当我问起窦师傅为什么所有人都走了时，他依旧站在那个黑色柜子前，背对着我："经费来源没有了。"他语气冷淡，让人听不出喜怒哀乐。

"经费来源？"我才发觉自小被千喜娇生惯养的我，连基本的生活常识都没有，我居然没能发觉这个实验基地运作的诡异之处——他们不盈利，不开发产品，也没有人出去工作，那么研究的经费从哪里来？

但顾不上考虑这些，我每天都乘空中列车飞往沿海各个城市寻找陨石博物馆——外星人将陨石放于博物馆中，那时它们带来自己星球与其他星球的石头，建立了许多怀念自己故乡的博物馆。里面的石头只能借出去欣赏，要在一定期限内归还。

所以我常借宿在海洋中的灯塔内，连夜将陨石的辐射频率测出。司铲会每晚驾驶私人飞机到灯塔来找我拿数据。很长一段时间里，在孤立无援的灯塔上，我因为想念千喜而忧愁时，周围的海洋都阴沉而幽暗，但当司铲驾驶黑色飞机出现，会让海洋泛起一丝灵光。他在窗外笑着向我伸出手，迎着月光他好看得有些不真实。

"甘沛，早些休息啊！"他接过数据单，却开着飞机在灯塔周围盘旋很久，像一只黑色蝙蝠。

"怎么不回去？"我打开窗户向他招手。

司铲飞到我面前，打开飞机的灰色玻璃："荔驿夜里容易惊醒，所有开出去的飞机必须在第二天凌晨之后才能返回。"

"怎么不进来休息？"我睁大眼睛看着司铲一向苍白没有血色的脸，大概是常年不好好休息吧。

司铲笑了："你不是讨厌男人？"他用手托住腮部，"我哪儿敢进去。"

我低头叹一口气，看着月光照亮的地面说："你还是进来休息一下吧。"我抬起头打算邀请他，却发现他已经不见了。

不知为什么我心中涌起一股失落，我关上窗户准备休息，却被身后的司铲吓了一跳，我一惊，向后退了几步："你什么时候进来的？"

司铲拎起一串钥匙向我晃晃："你忘记拔钥匙了？"

金属的器具在挂架上自然地下垂着，司铲在桌前借着一盏暗黄色的夜灯计算着我没算完的陨石数据。我躺在他身后的床上闻着他身上的香气，在千喜离开后我第一次感到了安详和疲倦。

"你可以开台灯的。"我打着哈欠。

"那样太亮了，你会睡不着，"司铲拿着笔回过头，"睡吧。"

我没能再讲出什么客套话，司铲的气味充斥着整个屋子，像熏香一样让我的骨架松软起来，我的身体逐渐放松，坠入了睡梦中。

梦中的场景很奇怪，司铲不再开着飞机绕着我的灯塔飞，我梦见我所在灯塔长出了翅膀，飞向司铲的飞机。

5．永生的痛苦

一楼的圆炉中不再终日有粉碎性射线闪烁，废弃的陨石成堆地被放在一旁。如今不会再有工人将它们及时处理，只有司铲在每天黄昏时来这儿将一天的废石一次性烧掉。而有时因我去了较远的的城市调查数据，找我拿数据的司铲并不能在当天返回，要一两天甚至更久。所以当我被佩荔驿叫去楼上会面时，并未因一楼堆积过多的陨石而感到惊讶。

悬于半空的吊椅缓缓落下，佩荔驿在上面揉一揉脑袋，见我进来，她先是往常一样露出笑容，然后扳动椅子的扶手，我身旁的地板马上打开，升上来一把椅子。

我们面对面地坐着，现在已是傍晚，但房间里被仿照太阳发明的日灯照得亮如白昼。

机器人送进两杯茶，她端起其中一杯："怎么样，甘沛，"她喝一口茶，"还习惯吗？"

机器人转向我，我拿起剩下的一杯茶："还好。"窗外下着雨，树叶噼里啪啦地在风中作响，我起身去关闭百叶窗，看着房子周围的湖水，我问佩荔驿："为什么把房子建在水上？"

佩荔驿光着脚走到我身旁，木地板发出与她脚底接触的柔软声音，她与我一同望着窗外："水像欲望，只有每天生活在欲望中才叫活着，欲望给人新鲜感，"她笑着摇摇头，"永生太痛苦了，对什么都觉得乏味。"

"所有事物都会乏味吗？"我疑惑地看向我的母亲——身旁这个永远拥有稚嫩外表，应该被很多人羡慕的女孩子。人类一直追求永生，甚至我也曾幻想过永不衰老该是件多么神奇又美好的事情。

"不，"她也望向我，双目透亮水润，那是年轻人应有的清澈双目，但她的眼神还是盖不住因活了太久而产生的疲惫——对世界的厌倦，她将靠向我那边的短发别在耳后，"只有爱情是永远新鲜的，它变化多端，嗯……"她顿了一下，"不是所有爱情，是真爱，它始终如一而又变化多端，值得永远去探索与寻找。"

世人歌颂的烂大街的"真爱"，在她口中像是一个科研课题一样严肃。不知为何我脑海中竟浮现出司铲的脸，他明明不在我身边，可我耳边却响起他清爽的笑声。

"这就是你找山宇……我父亲的原因？"我盯着佩荔驿的双目，"只是为了摆脱一成不变的日子？"

"不，"佩荔驿又摇头，"因为他爱我。"

"千喜也爱你，"我紧跟一句，像是为千喜抱怨，"千喜非常爱你。"

"但我和山宇——你父亲，我们是彼此的唯一，是刚才所提到过的……真爱之最。"她温柔地看向我，不理会我的急躁，"彼此最爱才是最难得的。"

雨停了，月亮走出乌云，在空中洒下光泽，我走出佩荔驿的房间，手中拿着她给我的新目的地表格和一个厚本子，这次她要派我去内陆寻找从前留下的陨石，那个厚本子是她奖励我的，这是千喜年轻时的画本。

走下楼梯时，大厅的灯亮着，司铲正往圆炉里填着废石，填满一炉后关好炉门，他才发现我。

"甘沛，"他笑着打招呼，他的橙白色条纹衣裤在圆炉边正被粉碎陨石闪烁的光点缀得五彩斑斓，彩虹一样。

"我来帮你。"我走到他旁边，拿起另一把铲子。

"我一个人来就好，"他从我手中把铲子拿走，"这个很累的。"

"不，"我第一次对他笑了，"我来帮你。"

他不再阻拦，我们两个一起将废石填进圆炉中，再悄悄离开木楼。

原来离开木楼不只有坐缆绳一种办法，木楼是可以像船一样移动的，我与司铲在甲板上将它开到岸边，我看着甲板上花盆中的植物，问司铲："这些花好特别，第一天来的时候离得太远，后来坐缆绳过来也没机会到甲板上，第一次看清楚，它们好漂亮。"那是些橙白相间的花朵，细碎而小的长了一大片，每一个花盆都满满的。

司铲笑了，在月光下他俊朗的五官显得有些不真实："它们很好看，但不要靠近它们，味道不好闻的。"

我们走进实验室基地的杂物间换衣服，司铲将一块大幕布从天花板上放下来挡在我们中间，我艰难地脱下衬衣，身上的汗将它黏在我的背上。

"你这次要去那么远？"司铲的声音传过来。

"是啊，而且要离开很久。"我终于脱下了衬衫，舒了一口气。

"多远我都能找到你的。"他笑着说，他的声音从幕布的缝隙中钻到我这边。

我感到自己的脸一下子红了起来，不知回答什么。

而就在这时，沉默被打破了。

大概因为工人们撤走之后很久没人使用杂物间，幕布顶端的吊线突然断了，幕布从天花板上掉了下来，哗啦啦地堆在了地上，我和司铲看着赤裸的彼此都愣住了。

可我并没有尖叫，害怕，甚至连对男人本能的排斥和紧张都没有。我们慢慢地靠近彼此，自然而没有目的，只是像被重力左右般的，自然地靠近着，贴在了一起。很奇怪，他的身上没有一点汗水，散发着干净的香味，我们看着彼此的眼睛，对将要发生的事情心有默契。

我们越来越近，听见了彼此的呼吸声。

就在这时钟声响起，八点了，我们一惊，彼此都向后退了一步，然后快速地将衣服穿好走出了杂物间。

第二天我出发时，司铲没有来送我。

在云雾飘摇的空中列车上，我看见从未见过的大陆景色，习惯性的高兴而又难过着，要是千喜也能看见这些就好了。随后，我的脑子里又冒出一个想法，司铲要是在身边多好哇。这个念头让我抖了一个激灵，紧紧地将胸前的蓝紫色晶体贴住狂跳的心脏。

6．雾中回忆 I

一个月前，我做了一个噩梦。

　　梦里我回到了大概六七岁的光景，矮小得只能仰头望着葡菩站在雕花板凳上，和每天一样，葡菩从细长的酒塔顶第一个酒杯灌下一大桶淡黄色产自外星的鸡尾酒。第一个杯子淌下的液体注满了其他杯子，酒塔在四周写着灯谜的灯笼发出的暗淡灯光下，成了一座闪光的灯塔，里面的液体随着古琴的琴弦微微颤动。大厅里裸体的人们开始跳很慢的舞，同样一丝不挂的舞女挥着水袖穿梭在他们之间，古琴与长笛开始悠扬地合奏，人们是各色皮肤组成的模糊影像，在梦境中缓缓移动。

　　葡菩将酒塔最顶的那杯酒取下放在托盘上，我跟着她穿过大厅，一切模糊的景物中只有她线条优美的小腿是清晰的，牵引着我向厅外走去。印度风格的雕花大厅门一开，一切都清晰起来，走下宽大的大理石台阶，进入更深的森林，穿过红木走廊，登上直插天空的石梯。年幼的我与葡菩一起站在千喜的房间门口，此时的梦因我突然加速的心跳更加真实了。

　　我知道千喜就在里面，她将拥抱我，而我将不知所措。

　　推拉的日式房门被热感机器人一下子全部打开，小巴掌大的机器人快速将自己收进门框里——千喜不喜欢一切科技的东西，它们一定要尽量让自己的存在像不存在一样。

　　屋子里还是弥漫着大雾，千喜抽的特制水雾烟，使这座浮在空中的房子时刻水雾蒸腾。我与葡菩走进去，视线逐渐适应，我看见千喜如往常一样横卧在榻榻米上，红色纱质透明睡衣半穿半脱，里面一丝不挂，微微发棕的肌肤闪着涂过橄榄油的光泽。左臂则是因不见太阳而出奇的白，上面密麻的经文被红纱盖住一多半，只能隐约看见结尾处的"一切有为法，如梦幻泡影"。

千喜眯着原本就细长的双眼，长长的黑发束成高高的马尾，黑蛇一样从她的头上一直蜿蜒到她裸露的大腿上。黑紫色的木制烟罐子上插着的烟管，被她轻含在嘴里吮吸，烟从她的口鼻中吐出，带着细细的水雾和檀木香味飘散在房间。看见我，她把烟罐子推到一旁，站起身走到我面前蹲下，让自己保持在与我相同的高度。

我本来能闻到她身上的香气的。可恨！此刻我突然脱开了自身，如大多数人做梦那样飘起来，只能远远地看着自己。

往常一样的，千喜把胸前的红纱打开，将我埋进她裸露的胸口，再把红纱合上盖住我，我被关在她的身体里。她用手轻轻拍我的背，她的手一定和以前一样，即使在这个终年盛夏的岛上仍然冰凉。

我看见自己瘦小的身体因过于幸福而颤抖，喜悦又嫉妒。

直到站在一旁的葡萄不耐烦地用脚摩擦地板，千喜才松开那个幼小的我，站起身端着葡萄托盘中的酒杯，回到榻榻米上，斜斜地靠卧在一个松软的金翅大鹏鸟图案靠枕上，对我笑笑，将淡黄色的液体一饮而尽。

　　然后千喜慢慢从靠枕上滑下去，那杯淡黄色的液体从她的锁骨、腋下、腿弯和脑后流出，她慢慢融化在淡黄色的液体中，没了踪影。

　　我猛地惊醒，在寂静的黑暗中，心跳声衬得胶囊大小的房间都空旷起来。我爬到半张脸大的车窗旁拉开窗帘，飞往大陆的空中列车已经飞离了千喜与我生活的镜岛。镜岛在夜幕中成了一个黑点，它周围的海水闪着光，衬得它更加黯淡。脖子上凉凉的，由骨灰提炼出的蓝紫色晶体制成的吊坠在提醒我一个不争的事实——千喜已经死了。

7. 雾中回忆 Ⅱ

　　众多科学家、星际外交官爱慕着千喜。他们用自己的聪明才智将千喜的房子升到半空，再挂一条长长的石梯下来。石梯的每一阶上都竖着一个高高的烛台，但上面不是蜡烛，而是一盅盅五颜六色、来自各个星球的酒。想见千喜除了要花大价钱，还要喝完这些酒。

"见千喜真难哪!"常有客人感叹道。

这时孙先生就会摸着自己修长手指上能切割各种材料的激光扳指说:"造这房子也很难,拆了四个飞船的磁动机,它才升这么高。"

孙先生是常客,是个大科学家,他又瘦又高,四肢又长又细,像四根戳进他体内的筷子,两颊深深凹进去,高高的鼻梁上架一副银框眼镜,给人一种时刻都会拿起机械认真研究一番的严肃感。与其他客人不同的是,孙先生和他的几个朋友,在使用过千喜后从不到葡菩那里付钱。他们会大摇大摆,成群结队地从千喜在别人眼中高不可攀的房间走进去,有时很多人一起进去,有时一个一个来。

我曾在门缝中,看见烟雾飘遥的房间里许多个男人同时使用千喜的画面。千喜柳叶形状的两条眉毛在眉心上拧出一个疙瘩,眼睛在各个男人身上流转以便时刻调整动作,口中发出轻轻地叹息。微微发棕的皮肤上渗出细密的汗珠,全身赤裸,只有左臂被一条长丝巾严实地包起。

有次我看见一个男人粗鲁地撕开千喜左臂上的丝巾,狂傲地骑在千喜身上兴奋地吼叫:"你有哪里我看不得?"

我愤怒得发抖,几乎要冲进去用葡菩切牛排的刀杀了那个男人,但我不敢。千喜会生气,上次我用椰子砸一个用鞭子抽千喜的客人,千喜足足冷落了我半个月。

从小她就叮嘱我:"甘沛,你唯一的任务就是开心干净地活着，其他任何事，你都不许掺和一星半点儿。"

在我幼时可以用大脑指挥方向的摇床旁、十岁时她给我买的私人飞机上，第一次穿戴文胸感到胸部束缚得太紧她允许我不穿文胸时，她都这么轻轻地，一模一样地在我耳边叮嘱我。

我爱千喜。

千喜是那么的不同而且美好，她满墙雕花的房间永远烟雾缭绕。她的发香、体香，从不被那些臭男人所污染，在半空的阁楼中，她是个被男人们使用的工具，是我眼里受难的圣母。可只要下了石梯，她就自有她与众不同的高贵。

每晚她会在大厅里举办宴会，她会命人将企图强暴赤裸舞女的男人赶出去。

"为什么，她们本来就是被用来玩弄的！"有个男客人被拉出去时大喊着。

"在我这里，男人可以玩弄女人，女人也可以玩弄男人。"千喜坐在大厅五颜六色的宝石椅子上，对着下面一丝不挂、慢舞的人们轻轻说。然后千喜会与上来敬酒的人一同念诗谈趣，天文地理她都对答如流，不分高低贵贱地对所有人展露一样温柔的笑容，男人女人都喜欢千喜。

即使会愤怒得发抖，我也会每天都在门缝里看着千喜受难，看她伤了哪里，哪里可能会不舒服。男人们一走，我就冲进房间，用提早准备好的手帕和水为她清洗，然后在她淤青的伤处擦上药水，再为她揉揉有些红肿的关节。

葡菩总是比我晚一步，她会端着水进来呵斥我："笨手笨脚，走开，我来！"

葡菩是千喜的贴身侍女，会各星球的语言，一向对我很凶，我不理她，继续为千喜擦拭，葡菩就重重地跺着脚转身离去了。

千喜会笑着伸手摸我的头，疲惫的目光温柔地看着我："不脏吗？"

"不啊，"我将毛巾收起，目光炯炯地望向她，"因为我爱你，哪里都爱。"

"傻孩子。"千喜将烟罐子拿过来吮吸着，屋里刚刚淡去的烟雾又浓了一些，她更加不清晰了。

"我不是孩子了，"我找了个正对着她的位置跪坐下来，诚恳地握住她的手，"我想和你在一起，像你与葡菩在一起那样……"

千喜的眼神在一瞬间流露出惊慌，她大概没想过我会发现她与葡菩的关系，更没想过我已不再是那个陶醉于她怀抱的无知幼女。但惊恐只有一瞬，她随即接受了我已经长大的事实，目光带着冷色调的温柔："从你出生，我就与你在一起啊，像母女一样。"

8．雾中回忆Ⅲ

夏日的夕阳徘徊在海平面上不愿下滑时，从连接镜岛与大陆的大桥上驶过一辆闪耀的黑色甲壳虫照亮了我的眼睛。

那时我正开着千喜为我买的私人飞机不高不低地游荡在镜岛上空，暖风还有和我并肩的海鸥使我有了久违的惬意——今天千喜休息，她不用受苦。

我在航拍器中看到黑色甲壳虫穿过镜岛入口的古老灌木丛，疾驶过颠簸的路面时它两只并未开启的、眼睛一样的车灯随之晃动，闪得航拍器的画面随之颤抖。此时夕阳已经下去，傍晚让一切显出幽暗的蓝色。

航拍器返还了甲壳虫内部的模糊画面，是孙先生和千喜，千喜的裙子上半身还是紧紧包裹着左臂，上面镶满亮片随着微亮的路灯闪耀着。孙先生一边抽烟一边讲些什么，副驾驶上的千喜笑得头往后仰，露出披肩下长而瘦的脖子。

这种笑我认得，这不是千喜真正的笑。每当千喜想让人觉得她高兴，就会咧着嘴将脖子向后仰，以此使人觉得她笑得前仰后合，迷惑别人她开心极了。

直到千喜进入房间看见葡苦，才露出真正的笑容，是嘴角抿起，眼里含着温柔的珍贵笑容。她疲惫地靠在葡苦肩上，十分依赖，呼吸都慢了一拍。

在这一刻我起了杀心。

千喜只对两个人有真正的笑容，我和葡菩。那如果葡菩死掉，真实的千喜就只属于我了，她会把我当成唯一的依靠吧？她也会这样靠在我肩上吧？我将成为她的全世界啦！

这个有关爱的、甜蜜又可怕的计划在我脑中从生出到成形，只用了不到三个小时，那辆闪耀的黑色甲壳虫成了推波助澜的匕首。夜里葡菩要驾驶它去大陆采购酿酒的水果，而今晚是金星的外星人高管和星际外交官来游岛。金星又名愤怒的维纳斯，所以当晚桥下的大海被千喜吩咐人用万能燃油点成一片红色火海，又危险又刺激。

葡菩要开着甲壳虫穿过这座大桥，我让小型机器人在车上植入病毒，驾驶的电脑会让车在大桥中央飞出去，扎进火海。

当晚镜岛的中央绽出无数烟花，音乐声震得整个岛微微颤抖，火海之上、彩灯环绕的大桥不过是一条作为点睛之笔出现的迎宾路。

客人们都聚齐在岛中央时，葡菩开着甲壳虫出去了。我开着私人飞机盘旋在大桥上空，甲壳虫是颗黑色钻石，吸引着我的目光，我看着它腾空，犹豫了一下。在它飞出去的一瞬间我用飞机的抓手将葡菩抓了出来。

葡菩被举到我的窗外，她神魂未定，两条腿在半空中发抖，急促地呼吸着，没了以往的不屑，眼中尚有泪光闪烁，有些真切地对我说："谢谢你。"隔着玻璃，她的声音像是闷在一口钟里。

我对她笑了一下，按动控制抓手的按钮，将葡菩甩进了火海。她连惊叫都来不及，就被火海吞没。

抓她上来是因为我想起黑色甲壳虫是部老车，千喜在里面安了安全气囊。

我怕葡菩死不了。

可千喜在葡菩死去之后，渐渐枯萎了，她的身体状况突然变差，隔三岔五就晕倒，饱满的皮肤很快像被抽干水分一样起了无数褶皱。我这才知道，葡菩之所以会很多星球的语言是因为她是外星人的后代，祖上有来自个各星球的血缘，修复能力极强。千喜过着这种饱受折磨的日子还能健康地活下去，靠的就是每天喝葡菩的血。

那么是我害死千喜了？

但很快我的后悔与自责被一种扭曲的幸福感淹没了。

因为千喜得了重病之后，突然告诉所有人，剩下的日子里只想见我，我终于成了千喜的全世界。

在千喜去世前卧床的日子里，总会断断续续和我讲些陌生而突兀的琐事，例如我的生母如何爱我，是如何不得已才没能将我留在身边抚养。

讲这些琐事时的千喜，回光返照般保持着清醒的理智和逻辑，细长的双目神采奕奕，那么的不真实。

　　我会坐在千喜身边，珍惜地聆听。千喜从未与我讲这么多话，这让我觉得一向不属于我的千喜，被我收入贴身的囊中。于是我一句话都不放过，每一个字我都恨不得刻在心里。每当我流出眼泪，千喜就会露出心满意足的神色。她不知道，我并非被这些母女情深的戏码感动，我流泪，只是因与她昼夜不分离的感觉太过美好，而这份美好又不会持续太久。所以我像个即将去沙漠的旅人，尽全力储存水分，想让这些维持我生命的美好用力地塞满我的身体。

　　千喜生命尽头的夜里，镜岛下雨了，乌云遮住天空，所有事物被黑暗笼罩。千喜倚在我肩上叹息："见不到月亮了。"

　　我安慰她："明晚一定会有月亮的。"

　　"我不会再看到月亮了。"千喜轻轻地叹息，"没有月亮的日子好黑……"

　　"不会黑的。"我按下遥控灯，整个房间一下亮如白昼。

　　可灯马上又全灭了，是千喜预设的机器人自动关闭了所有灯，我马上意识到了自己的错误，千喜讨厌一切高科技的东西，当然包括这种根据太阳发明的、可以使黑夜不存在的日灯。

　　千喜突然开始抽泣，没人见过千喜哭，我知道，她大概快不行了。

　　她开始神志不清，但依然尽力保持最后的清醒，她攥紧我手，黑发扫在我的小腿上，尽力清晰地吐出话来："甘沛……去……帮你妈妈找陨石。”

我点着头：“我爱你，千喜，你爱我吗?”我的五脏六腑由于心痛搅在一起，发出最真切的话语。

千喜喘息着，伸手想为我扶一撮耳边的碎发，但她的手不再有力气抬起了，她的手放下，说了她最后的遗言——确保我答应她的叮嘱：“我爱你妈妈，你去帮她……”

然后千喜慢慢变冷，一点点挺直，前所未有地舒展伸长，我抱着她枯坐了一夜。天亮后几个人将千喜抬出去时，我体力不支昏倒了。再醒来，千喜的骨灰已经按我之前的意思被制成了提炼物吊坠。

我遣散了仆人，将房子卖掉，没有人来悼念千喜，果然在大多数人眼里她只是被人用过即忘的玩物。那么我也不打算为她办一场寂寞的葬礼，那太冷清了。我穿起千喜最喜欢的一件裙子，将蓝紫色的晶体挂在脖子上，它紧紧贴着我的胸口。我要去帮佩荔驿，但并不是因为千喜的遗愿，千喜到死都爱的人，一定知道千喜的许多事情，我要了解千喜，我想探究千喜是怎样的。

空中列车在镜岛飞起的那一瞬间，我感到心里狠狠地揪了一下。

我将永远不知道千喜是否爱我。

后来在各个灯塔间兜转的日子里，我失落地意识到，千喜在最后的日子里之所以只想见我，是为了潜移默化地渗透我，使我代替她在这个世界上继续爱一个叫佩荔驿的女人。

9．她是月亮

所有人都怪罪旅行者一号，是它傻乎乎地在外太空中请外星人来地球做客。

外星人的确来了，但并不是为了做客。

地球像颗被突然挖掘到的巨大蓝宝石，被各星球的星际外交官所看中，而地球还来不及学会外星通用的语言，就已经被外星人俘虏。

所有人都恨死了旅行者一号。

但千喜爱死旅行者一号了！如果不是战乱，她不会来到镜岛，更不会捡到一个月亮。

她甚至几番辗转拜托各路人马，搞到了旅行者一号的碎片，将它做成两个金属指环。一个套在自己的无名指上，一个套在身边睡着的佩荔驿的无名指上。

宽厚的金属指环遮住了佩荔驿无名指上那圈戒指般的淡绿色疤痕。

然后千喜满心欢喜地，蹑手蹑脚爬上吊床，躺在佩荔驿身边，将自己的头枕在佩荔驿的枕头上，让两人的头挨得近一些。千喜闭起眼睛，房间外的海浪声很大，但她只能听到佩荔驿的呼吸声，绵长而舒展的，带着淡淡香味的呼吸。

一个月前千喜收获了她。

那时千喜的右脚上铐着长长的铁链，铁链很长，足够她从峭壁的山洞中走到海边。西比尔已经三个月没来过了，她只能靠一些偶然被海浪冲上沙滩的，在外星人的海战中炸死的鱼类充饥。洞中的书因潮湿卷起了边，西比尔说过，等她读完这些书就带她回家。

她已经读了好多遍，西比尔却一直没有回来。当然，她也不希望西比尔回来。

夜里她跟往常一样走到海边看月亮，她打开厚厚的，因受潮像吐司一样膨胀的牛皮纸本子，画今天的月亮。

但今天不同，画着画着，她看见不远处深蓝色的海水一下一下，将一个月亮推了过来。

更近一些时，她发现是个女孩子。

女孩子被冲到沙滩上，躺在有些浅的海水中，齐耳黑发在浅水中如几条小黑蛇般招摇。月光下她的身体在发光，白皙的小腿还在水里。被海水推着一波波晃动着，她皮肤的白与寻常人不同，是月光的白，带着些淡淡的冷黄色。

千喜伸手探到她的鼻息，女孩子睡着了一般，嘴角天然上扬的形状好像在微笑。千喜将女孩背起，走走停停地将她带回山洞。

千喜把书铺在地上，将女孩平放在上面，检查她的身体。千喜很惊奇，她的身上一点伤都没有，一个小口子和擦伤都不曾发现。千喜将火种燃出大一点的火，女孩的身体逐渐干燥起来，千喜为她盖上被子。

被子刚盖下去，女孩就醒了。

她没有千喜预期的茫然和虚弱，她睁眼坐起来，环顾四周，最后目光落在了千喜的脚铐上。

"不难受么？"女孩笑着讲出不符合被救者身份的突兀开场白，露出一口细碎整齐的白牙。然后她利落地站起，在千喜惊异的目光中从领口掏出一把刀，蹲下身用很快的速度在她的脚铐上磨着。

千喜看着这个蹲在自己脚边的月亮，怎么也不敢相信她是刚被自己救起来的人。她明明应该很虚弱的。

"咔嚓"一声，脚铐断裂成两个弯月似的碎片。

月亮抬头笑了，千喜喜欢她滚圆的、笑时会变成两个饱满半圆的眼睛。

千喜没想到佩荔驿在清晨醒来时会发怒，佩荔驿将指环用力撸下来，丢在地上，指着无名指上的淡绿色疤痕，瞪圆了眼睛对千喜说："我只有这一个戒指，永远。"

千喜愣住了，她呆坐在吊床上看着佩荔驿下床，走到储藏室里摆弄那些陨石。而她和吊床在佩荔驿留下的愤怒里，一直摇摆着，怎么也停不下来。

后来千喜才知道，淡绿色的，镶进佩荔驿身体的指环，是佩荔驿与山宇唯一的联系。

而她永远无法取代山宇。

佩荔驿终日摆弄着千喜收集来的陨石，千喜十分珍爱的书被她用作计算陨石各种物质含量的草纸，厚大的几本字典被她拼成临时实验台，书皮被实验时擦出的火花烫得千疮百孔。

千喜爱书，但每当她看见书皮有新的烫坏的部分，都会马上将佩荔驿检查一遍——比起书，她更担心佩荔驿有没有受伤。

有时千喜在夜里如往常一样惊醒，心快跳出来，但她不用再像以前一样看着月亮寻找光明，她会紧贴住身边的月亮，温暖又带着香气，看得见摸得着的月亮。佩荔驿会用手搅住她，轻拍她的背。

她只想千喜好好休息，第二天可以有精神去找陨石。

千喜沉浸在被爱被温暖的臆想中，陶醉了一辈子。即使这种渴望已久的温暖只被满足一次，她就能将它存在心里，一点点地、绵绵不断地释放。

她不在乎自己想要什么了，她只记得佩荔驿的愿望——找山宇。

10．旧船往事

那时幼年的千喜上私塾，大陆沿海的城市常刮台风。一同上学的窦本港会为千喜清理身上随处可见的伤，有时是小口子，有时是扭伤的青紫。

"你身上怎么总有伤？"窦本港看着小精灵般的，笑得前仰后合的千喜。每当问到这个问题，她的眼神总在闪烁，然后她会古灵精怪地一笑；"不告诉你。"

在台风很大的日子里，千喜放学时会从校门一路小跑进妈妈的黑色甲壳虫里，妈妈不会马上开车，而是会点燃一支烟，听千喜讲讲上学的趣事，她因吸烟过度而粗糙暗黄的脸上会有些笑容。

千喜不喜欢讲故事，她更关心另一件事。

"妈妈你今晚回来吗？"千喜越过副驾驶与妈妈之间的引擎，想靠妈妈近一些，每次都被妈妈放回原位——妈妈会用两只手伸进千喜的腋窝下将她提起，放回副驾驶上。

"我去值夜班啊，宝贝。"妈妈望着被风雨打得模糊的车窗，不看千喜。

"我不愿意和西比尔待在一起，他把我关在黑洞一样的屋子里……"千喜嘟着嘴，伸手去拉妈妈的袖子。

妈妈将千喜的手甩开了，尽量用温柔的语气说："宝贝，系好安全带，开车了。"妈妈用食指将烟头搓灭，面无表情地开车了。千喜不敢再说话，她看着妈妈的侧脸，觉得那是随时会崩塌、发生泥石流的山脊，一瞬间就能淹没她。

千喜的家是用一艘旧船改造的房子，西比尔是掌舵人，他把房子建在了人迹寥寥的小镇，他是这里的上帝。

千喜不知道如何称呼西比尔。

西比尔年轻时是个船员，有着十六分之一的意大利血统。他与千喜的外婆相恋结婚。后来千喜的外婆去世，他带着贝桑生活。作为船员退役后西比尔偶尔出海打鱼，在一个海浪声如晴空中的碎银般的好天气里，他捡到了竹篮子里的千喜。贝桑执意留下千喜，要她做自己的女儿。西比尔同意了。

在千喜的记忆中有那么几次，妈妈歇斯底里地与西比尔争吵。

妈妈打碎了所有杯子，撕碎西比尔的画册，打碎西比尔没有鱼的鱼缸，鹅卵石洒了一地。她大声尖叫："西比尔，你是在毁了我后又想毁了她，你该死！"

西比尔会将千喜抱起放到高高的柜子上，把鹅卵石捡起来放进袋子里，用扫帚把杯子碎片都清理好，光脚在地上走一走，确认没有碎玻璃后再将千喜放下来。

然后对着发抖的妈妈，教育小孩子一样笑着："贝桑你只是嫉妒，嫉妒我关注千喜超过你。"西比尔走到厨房打开冰箱，倒一杯果汁，递给浑身发抖的妈妈，"贝桑，不要这样，我们永远是家人，我永远深爱你们。"

每当这时妈妈会发出不像人类能发出的尖叫，然后跑出这栋旧船改造的房子，到郊外的木屋中去。

千喜周末时会逃进窦本港家，不是躲西比尔，而是躲妈妈。

一到周末，不工作的妈妈就会发疯，她会把千喜带到郊外供奉佛像的木屋里，将她绑在浴缸中，用刷鞋的刷子刷她的全身。不管千喜怎么哭喊，妈妈都用力刷她，直到刷破皮为止。

于是，窦本港将千喜藏在山洞中，他们在里面堆积木，度过一个安全又乏味的周末，窦本港小心翼翼地保护着千喜，为她擦药。千喜不是疤痕体质，受伤从未留下疤痕。窦本港不再追问伤口的来源，他找了一个又一个山洞，让千喜一到周末就消失了。

千喜最大的愿望是妈妈可以抱自己一下，但妈妈永远会推开她。

只有一次，千喜有机会被妈妈拥抱，妈妈要主动拥抱千喜，但千喜却跑了。

妈妈砸碎了洗刷过千喜的浴缸，点燃了那座木屋——专门用来洗刷千喜的简易佛堂，仿佛要毁掉一切。

在火海的映照下，妈妈的脸上透着毁灭后带来的释然。她笑着，温柔地喊："千喜，宝贝，你不是一直想让妈妈抱你吗？快回来呀，这次我会永远紧紧抱着你啦！"

千喜跑了，她越跑越快，火焰吞没了小木屋，她失去了唯一一次被妈妈拥抱的机会。

战争爆发时，西比尔将千喜送到那时还鲜有人知的镜岛上。

"宝贝，我要你安全，每个月我将从大陆带食物给你，而你就留在这里念诗，读书。"西比尔用长长的铁链将她锁住，留下一大堆书后离开了。西比尔每个月都回来，却只是看看千喜。千喜长大了，她开始有自己的想法。但西比尔只喜欢从前那个千喜。也是从那时起，西比尔就已经有了疯的苗头，他说要回去等已经死了的贝桑。

后来，千喜再也没回到那栋旧船改造的房子中，镜岛成了她在海上的船，太过孤独时她会看月亮，假装那么温柔的光正环抱着自己。

11．杀死西比尔

临时搭建的小木屋中半明半暗的光线透着忧郁的寂静，傍晚的夜色中佩荔驿实验用的蜡烛像一盏长明灯穿过吊床的网，交织的影子打在千喜脸上。她睡梦中细长的眉毛渐渐拧成一个疙瘩，猛地睁眼，在摇摆的吊床上挣扎地坐起，惊慌地呼喊佩荔驿的名字。

佩荔驿慢慢走过来爬上吊床，抱住千喜，用袖子为她擦拭额上的汗水。

千喜不住地发抖，佩荔驿第一次关心起千喜的往事。窗外热带特有的肥大树叶在风中相互抽打，无论千喜说什么，佩荔驿都一言不发地注视着她，当千喜说完，她一如既往的轻松地笑起来。

"这些痛苦都是些可以解决的痛苦，处理起来很简单。"她端一杯水给千喜，又用袖子为她擦干眼泪。

千喜接过水没有喝，她睁大眼睛看着佩荔驿，任何事似乎在佩荔驿的眼中都很容易解决，大概是她活得太久了。

"你恨西比尔吗？"佩荔驿拉起千喜一缕压弯了的长发，用手来回捋顺着，可无论怎么捋都是弯的。

千喜点点头。

"很简单呀，我陪你去杀了他。"佩荔驿捏捏千喜吃惊的脸，"他死了你就会痛快了。"

千喜心惊肉跳地听着佩荔驿的提议，不知如何回应。但突然她茅塞顿开，心中舒畅许多。她点点头，靠在佩荔驿肩上，慢慢睡着了。

乘船渡过汪洋，小船几次差点被浪头打翻，不过千喜是开心的。虽然危险，但航行的几个昼夜佩荔驿不能研究陨石，她专心地陪着千喜，温柔地讲述着自己的往事，千喜专心地听着，时间过得很快，她们到岸了。

原先生活的小镇一片破败，四周的植物被外星人的武器辐射成了各种颜色，在形状上也产生了变异。千喜四处寻找，终于找到原来的家。那艘船已经不见了，只剩下一堆废铜烂铁，千喜蹲在地上，她不知道自己在难过什么。

但突然她看见几颗光滑的鹅卵石，有规律地排列着。她顺着鹅卵石走，不几步就又是几颗鹅卵石，在鹅卵石断断续续的指引下，她到了一个防空洞的洞口，这里被变异的巨大草丛掩盖，那些张牙舞爪的牵牛花大大地张着嘴，似乎在等待着什么。

"你确定他在这？"佩荔驿打量着这个黑暗的洞穴，将手放在千喜肩上，千喜点点头，她熟悉西比尔的味道。然后佩荔驿就从领口掏出那把锋利的匕首放在千喜手中，双手扶着她的肩膀："去吧。"她感到千喜在发抖，于是牵住她的手："我在你身后。"

千喜握着匕首爬下楼梯，佩荔驿则直接跳下去，她永远不会受伤，淡绿色的疤痕在黑暗中闪着光，她身体上刚擦出的小口马上消失了。佩荔驿摸索到防空洞下备用的蜡烛，黑暗中烛光发出雾状的光晕，周围的事物蒙着一层暗黄色，渐渐清晰一些。

这里很潮湿，石墙上生出许多苔藓，潮虫爬行在各个角落，成群结队。

一阵窸窣声传来，几只老鼠路过，另一支蜡烛从远处缓缓向他们靠近。

"别动！"千喜用匕首对着走来的人，更近一些时她确认了，这就是西比尔。他落魄到了极点，穿着破烂，散发霉味的长袍，胡子卷曲而蓬乱，四处飞扬，上面沾着饭粒。头发半黑半灰，苍老而肮脏，因为战争武器的辐射，他的脸很大一部分都溃烂了，发出难闻的气味。

"为什么这样对我，"千喜哽咽着，双手握住匕首指着西比尔，她走到西比尔面前，"我做错了什么！"她尖叫着，质问眼前的罪人。

西比尔却好像没看见她，他咳嗽起来，然后拍拍自己的胸口，平静地说："几点了？"

千喜愣住了。

西比尔举着蜡烛转过身向更里面走，嘴里念着："贝桑和千喜该回来了，我要做饭了。"

千喜跟上他的脚步，逼近他，将匕首指向他："贝桑已经死了！”她大喊。

西比尔发怒了，他将蜡烛狠狠地墩在烛台上，火苗剧烈地颤抖了几下，他大吼：“你胡说，贝桑还是个小女孩！”他拿起一块生了蛆的、饼似的东西咬了一口，“贝桑和千喜今晚还要与我一同吃晚餐的！”

“她们不会回来，她们恨你！”千喜流着泪大吼，匕首却慢慢放下了，掉在地上，咣啷一声。

西比尔开始收拾石桌上的盘子，里面有死老鼠，浮着土的红酒，生蛆的披萨，他平静地笑了：“你骗不了我，我的小女孩们都会回来的，我爱她们，最好吃的我都留给她们，我已经饿了好几顿了！”烛火在西比尔的脸上闪烁，他笑得很幸福，甚至笑出一种虔诚而高尚的爱意。

然后他温柔地把手放在自己的胸口上：“我的鹅卵石带领她们回家，她们永远不会迷路……”

千喜转身抱住佩荔驿，眼泪已经流干了，她在发抖。

佩荔驿拍着千喜的背安慰她：“怎么了，要不要我帮你？”她晃一晃刚捡起来的匕首。

千喜摇摇头，握住佩荔驿的手，讲话都含糊不清：“不，我做不到，他是爱我的，我伤害不了爱我的人……”

“好，好，你是个好孩子……”佩荔驿拍着千喜的背，“我爱你。”

“可是，”千喜抽泣着，“你很少看我，你关心陨石更多一些……"她委屈的泪水又不断地从眼角滚出来，明明刚才已经干涸了的泪痕又重新湿润，在脸上印出更宽阔的沟壑。

佩荔驿笑了，她摸着千喜的头："我常看你的，你睡着时我都看着你，你蹙起的眉，偶尔在眼皮下滚动的眼睛，还有你不安心的呼吸声……我都看在眼里的。"

千喜在佩荔驿的肩上颤抖着点头，哭泣。

然后佩荔驿拍拍怀里颤抖的千喜，含着眼泪的眼睛弯成月牙，轻轻地笑了。

12. 在此我爱你

……在此我爱你，而地平线徒劳地将你掩盖。

置身这些冰冷的东西中我依然爱你。

有时我的吻登上那些沉重的船只，

由海上驶向无法到达的地方。

我看见自己如那些旧锚般被遗忘……

——聂鲁达

　　"他没有直接告别，"佩荔驿将夜里失眠的千喜揽进怀里，"在他与我一起生活的日子里，曾几次提起离别的事情，算是一种潜移默化的渗透了吧。"

　　千喜抚摸着佩荔驿逐渐大起来的肚子，"这个孩子没有爸爸，但我会代替它爸爸照顾你们。"千喜笑着将头贴在佩荔驿的肚子上，她不敢用力，只用耳朵和脸颊轻轻贴在上面，佩荔驿的身体里安静极了，只有极缓慢的、不易察觉的心跳声。

　　窦本港在屋子的角落将炉火烧得旺一些，他在千喜与佩荔驿从大陆离开前遇到了她们——或许他一直等在那里。千喜对遇见他的原因没有猜测的兴趣。他是个无法太爱自我的人，从小他无论在哪儿、做什么，都必须有个让他牵肠挂肚的"念想"，这个念想在幼年时是他出了海就再也没回来过的父亲，长大后是战争时突然消失的千喜。

　　窦本港曾问过西比尔，那时西比尔已经在长期的轰炸中丧失了理智，疯了大半。他说："千喜出海去了！"然后大笑着抱着一堆鹅卵石跑进了防空洞。

　　前几次西比尔离开去看千喜时窦本港想过要跟上去，但死于海难的父亲一直使他对于大海有着深深的恐惧。最后一次他终于决定出海时，西比尔已经疯了。于是他开始在城中的外星人实验室里做研究员，下班后就在海边等。尽管他十分明白等待可能是没有尽头的，但这一点点的希望使他每天乏味的日子稍稍有些希望与快乐。夜里他不回家，他住在海边临时搭建的帐篷里，这种爱与付出使他觉得再见到千喜的希望每天都变大一些。

"复生剂，就是这个淡绿色的指环，"佩荔驿向千喜晃了晃自己的手，淡绿色的疤痕闪着金属的光泽，"这个会让他时刻知道我的状态，我遇到生命危险时他会出现，喜怒哀乐都在他的环形手表上显示。"说到这里佩荔驿叹了口气，轻佻地笑了，"但是我永远不可能有生命危险，我的身体将永远不会损坏。"

山宇说他必须要回到自己的星球去复命，他塑料模特一样的五官在黑夜昏暗的灯光下显得那么不真实："不得不回去的，而且，"他抱住佩荔驿，下巴抵在她的头顶，"可能不会再回来。"

佩荔驿挣脱他的怀抱，笑嘻嘻地整理自己的丝质睡裙："我们不是夫妻吗？在地球上，夫妻可是要，"她故意停了一下，然后一字一顿地说，"执——子——之——手，与——子——偕——老的哦。"

山宇温柔的目光停留在佩荔驿的眼睛上："荔驿，无论有没有人牵你的手，你都不会老的。"

佩荔驿的笑容僵住了，但随即她又笑出声来："那我要永远在梦中回忆你啦？"她假装笑得捂住肚子。

"荔驿，"山宇打断她，用手去摸她的脸，"你忘了吗？你没有做梦的权利，你睡眠时间出现的，所谓的梦，是用来复习你白天没做完的事情，以及计划你明日的事情的，这样你的生活效率会大大提高，你会更……"

"我会更痛苦！"佩荔驿瞪圆了眼睛，她将头仰起，双眼看着天花板，努力不让泪水掉下来。

那天她梦里全是白天山宇嘱咐她的事情，未来地球会被外星人入侵的预言、她要如何保护自己、复生剂的永久性以及她的状况会被山宇通过一块环形手表随时监测。

醒来是第二天的深夜，佩荔驿走出房间，一望无垠的麦田与森林像绿色的海洋一样翻滚着波涛。她没有呼喊山宇的名字，而是静静地在一棵树下蜷缩起来，她知道山宇已经走了。他们一起耕种的麦田的空地里，留下了飞碟停留过的圆形痕迹。又过了几天，下了几次雨，那圈痕迹也消失得无影无踪了。

感情的伤痛其实很短暂，很快，她陷入了永生的痛苦里。这种痛苦是她无法躲避的，天大地大无处可逃。两百年中地球的瞬息万变，在她看来都像是实验室盒子里的小白鼠有很多新反应一样，乏味而无聊。而她自身更是一成不变，连死都做不到。

于是佩荔驿一头扎进书海中，又进入许多科研机构学习，找到通过测陨石频率来寻找星球的办法。

此后佩荔驿一直在找山宇，不惜一切代价地找，有时她都忘了自己为什么要找，寻找成了一种惯性，而她的世界好像是真空的，是个无外力的小宇宙，于是惯性永远持续了下去。

为了寻找更多的陨石，佩荔驿决定到大陆去。那时的镜岛逐渐被外星军官当作战乱中度假的圣地，一点点露出繁华的迹象。

"我很想带你一起走，但是……"佩荔驿抚摸着千喜微微发棕的皮肤，"我一个人出去找陨石可能都要省吃俭用，怎么忍心让你和我一起受苦呢？"佩荔驿笑了，"你留在这里吧，和窦本港一起。"末了，她又加了一句，"我可能不会回来。"

窦本港将佩荔驿的行李提到船上："千喜你放心，我会送她到安全的地方。"

千喜看着那艘船渐渐远去没了踪影，过了几天窦本港驾船回到镜岛时，千喜还呆呆坐在那里。窦本港上前递给她一封信："喏，荔驿给你的。"

千喜一把夺过信，好几次都拆不开，最后她用牙齿撕咬着将信拆开了，看了好一会儿，她将信折成一只纸船放进大海。

没人知道那封信上面写了什么。

此后千喜开始流连于各个星际外交官与科学家之间，供他们玩乐享受，赚来的钱除了基本花费以外全给了佩荔驿。

窦本港小心翼翼地跟着千喜，为她打理一切。夜里他会坐在千喜的床边，听她的呼吸声。每当她的呼吸突然加急，窦本港就轻推她一下或帮她翻个身。有时她惊叫着从梦中做起，窦本港会张开双臂，尽管千喜从不肯投入他的怀抱。

入冬时节的镜岛也是夏季的景象，只不过空气稍微干燥一些。千喜毫无征兆地产下了一个男婴，她太瘦了，连怀孕都没人发现过。

"难怪最近身体这么沉，"千喜嘴唇发白地靠在刚建起的空中阁楼中绵软的沙发上，苦涩地笑了笑。随后她皱起眉头，"荔驿一定更辛苦吧，她来信了没有，生了吗？"

窦本港在一旁一言不发地默默倒好茶水："孩子需要个……父亲，"他将茶水递给千喜，"不如，以后，"他抿了抿嘴，"我们一起生活。"气氛一下陡然陷入僵持的死寂，窦本港紧张得只敢低头看着地面。

过了好久，窦本港耳边传来千喜冷冰冰的声音，从未听过的冷漠，千喜说："我讨厌男人，"没有一点迟疑，她用从未有过的嫌恶继续讲道，"我讨厌一切外露的，具有攻击性的器官，从小我就被它们刺得千疮百孔。"说完她背过身，抽一口雾烟，房间的气氛朦胧了一些，又过了一会儿，她的呼吸均匀起来，好像是睡着了。

窦本港悄悄退出房间，从高高的石梯上走下去。平房的摇篮中男婴还在熟睡，小脸煞白，不断地在梦中努努嘴，像是在渴望母亲的乳汁。窦本港将一切事务托付给刚来不久的葡菩，独自开着黑色甲壳虫离开了镜岛的繁华地带。

一个月后窦本港回来了，在夜色中他潜入千喜的房间，那晚月光亮极了，千喜被脚步声惊醒，瞪大眼睛看着憔悴得不像人的窦本港。

他浑身浮肿，双眼充满红血丝，他站在千喜面前，疲惫地笑了。

然后他在千喜惊异的目光中，脱下了裤子。千喜张大着嘴巴说不出话，她不知怎么办才好，过了半晌，她站起身抱住了窦本港。

"我不再……是男人了，"窦本港虚弱的声音都在颤抖，他退出千喜的怀抱，看着千喜的眼睛，"我可以永远留在你身边了吗？"他看见千喜的眼睛里有些东西在闪烁，不知是月光还是泪水，没能等到千喜的回答，他就晕了过去。

痊愈后窦本港经不住千喜的央求，带着她和男婴去看了一次佩荔驿。

男婴被千喜带到佩荔驿所在山林的第二天就发了一场高烧病死了，似乎是早就有了心理准备，他太脆弱了，生命一直像是从神那里借来的，每活一天都让人觉得像是欠债一样不合理。当他终于慢慢失去呼吸时，千喜居然松了一口气。窦本港带着男婴的尸体去了林中的木屋，千喜则从缆绳上滑到了木楼的甲板上。

千喜在木楼上见到佩荔驿，她浑身插着电线，说不出话。

傍晚她拆下电线才与千喜讲话。她说自己需要更先进的设备，这样实验时不至于那么痛苦。

在木楼的阁楼上千喜见到了刚出生的甘沛，她小小地蜷缩在婴儿车里，时不时哼叽几下，好像感觉有人在看自己，她就醒了，一双圆圆的眼睛盯着千喜，一开始有些陌生，但很快就笑了。

"她在雨天出生，是今年的第一场雨，叫甘沛。"佩荔驿笑着摇一摇婴儿车，"让她去陪你吧，我做研究，没空的。"

千喜出乎佩荔驿的意料没有要留下来，她坚定地认为自己是佩荔驿的依靠，她要支持佩荔驿的研究，她要马上回镜岛去。

离开的那天清晨天还没亮，千喜起床，窦本港已经在甲板上等她，一艘小船带她离开木楼，佩荔驿没有出来送她。千喜落寞地抱着甘沛走上小船，不断张望着二楼的露台，可是一直没有人出来。

奇怪，木楼在跟着船走，它跟着船漂。远处的橙白相间的花朵在迎微风招摇，一阵一阵风染着翠绿的颜色，波涛一样将空气动荡出湿湿的浑浊。

千喜笑了，佩荔驿在送自己。

可她没看见窦本港的手表正在闪烁，是他操作了木楼的运动，这是他唯一能想出的让千喜开心的办法。

窦本港和死去的男婴被永远留下了，千喜要窦本港留在这里帮佩荔驿："如果你真的要我快乐，请你尽力帮她。"

然后船开了，窦本港对着千喜不断地挥手，但千喜并不看他，她抱着襁褓里的甘沛，仔细端详她的小脸，心想她要像对佩荔驿一样对她好了，她是自己与佩荔驿之间的纽带啦，是她们共同的宝贝啊！

窦本港在研究室里找到了埃及人留下的填充木乃伊的花朵种子，以及电子器官，将男婴进行了改造，他要让这个男婴"活"下来，他会长大，和人类一样。

他坚信这个男婴身上一定有千喜的味道，这是他的"念想"。

13．黑色柜子

司铲与我终究还是发生了些什么，这次并没有钟声打断我们。

我们将回程时的私人飞机停在半空，分不清一起一伏的波动是来缘于彼此还是气流。我感到他在侵略我，但此刻这些都不重要了，我想这种快乐的感受大概就是真爱了吧？

于是我们迟到了。

司铲笑着背起我，我们一路嬉闹，跑到实验基地的洞口他才将我放下。穿过阴暗的楼梯，我推开大门，一片熟悉的白色呈现在眼前，穿过实验室大厅，不等我去敲窦师傅的门，门就自己打开了。

推开门的是一双瘦削修长的手，上面带着激光戒指。

"孙先生！"我下意识地叫了出来。

孙先生就站在我眼前，他还是又高又瘦，双颊深陷，看见我他露出些笑容："甘沛，正确的陨石已经找到了，明日就可以测出星球的位置，这段时间你辛苦啦！"

他伸出骨架般的手拍拍我的头，我本能地向后一闪："你怎么会在这儿？"

他挑了下眉，不解地向身后走过来的窦师傅问："你没和她说这里的一切经费来源都是千喜……"此时我什么都听不到了，我开始耳鸣，我看到房间角落里，窦师傅常对着的那个黑色柜子是打开的。里面是一缸淡黄色的液体，透明的像琥珀，这块琥珀里有个我熟悉得不能再熟悉的身影——千喜！

她一丝不挂，长发向上漂着，双目紧闭，嘴唇拉成一字，四肢自然地随液体摆动。

我想起一个月前的梦，梦中她就融化在淡黄色的液体中。

"为什么！"我尖叫着跑过去，捶打着玻璃，却怎么也砸不透。

"你要做什么！"窦师傅吼道，声音尖刻得像只公鸡。

"我要救她出来！"我歇斯底里地大叫，拎起凳子向玻璃砸去，但毫无用处。

司铲过来拉住我，我倒在他怀中，浑身没有一点力气。

"你们凭什么，你们凭什么！"泪水和鼻涕一起流进嘴里，我猛烈地咳嗽起来，司铲急忙拍打我的背。

孙先生带着假意的歉疚，拍了拍窦师傅的背："我先告辞了，最后的工作我已经做完，飞船过一会就有人送过来。"然后他脱下白大褂搭在门口的架子上，快步离开了。

窦师傅叹了一口气，走到我面前蹲下："这是千喜的意愿，至于你的吊坠……虽然不是千喜的骨灰，也是千喜留给你的，她妈妈的遗物。"

我虚弱地站起，摇摇晃晃地走到缆绳旁。

"你要去找荔驿？"司铲在身后问道。

"是。"我头也不回地按下缆绳的开关。

"我跟你去。"司铲追上来，却被窦师傅拉住了。

"让她们谈谈吧，甘沛会理解的。"我听见窦师傅的声音渐渐变小。夜里的风吹得四周刮起林涛，月光打在木楼尖尖的屋顶上，一楼的甲板上橙白色的花朵在低处摇曳。

佩荔驿欣喜地笑着跑过来抱住我："终于找到了，这段时间你太辛苦，我们后天就出发，他们已经把飞船……"

我冷冷地推开她:"你这样对千喜公平吗?"

佩荔驿愣了一下,歪头看着我。

"我见孙先生了。"我走到椅子旁坐下,长长舒一口气,一整天的大喜大悲使我浑身一点力气都没有。

佩荔驿很快跟往常一样轻佻地笑了:"你真以为千喜不知道我的心思?"她也坐下,"与你说你可能会不懂,但希望你能理解,"她按下百叶窗的开关,月光投在地板上,阴影被逼退,她指一指月亮,"月亮很皎洁,但实际上它是一块坑坑洼洼的石头啊,如果你只爱它的皎洁,在看清它的真面目后就嫌恶它,那么你爱的不是月亮,而是在爱你自己,"她舒一口气,温柔的望向我,"千喜才是真正懂得爱的人。"

我哑口无言,我看着眼前的佩荔驿,她真的是个月亮,光滑而又斑驳。

14. 山 宇

佩荔驿兴冲冲地坐上飞船,同行的只有我与司铲。

窦师傅留下了，佩荔驿提出要带我们一起在那个星球定居时，窦师傅摆摆白胖的手，他说要留下来陪千喜。他也执意反对司铲与我们同行，但司铲还是在出发时偷偷与我一起上了飞船。

飞船起飞时，我看见窦师傅站在地面上越来越小，我感到他正以一种忧伤的神情看着我旁边的司铲，那时我以为他只是怕孤独。

佩荔驿穿着玫瑰色的泡泡袖红裙，脚上套一双黑色皮鞋，夸张得像是去赴一场盛大的宴会。

我们一同望着飞船透明的天花板，看着天空渐渐由浅蓝变成深蓝。星星多得数不清，一颗颗在远处发光，又好像离我们很近。不远处有星云，它们是宇宙仙境的颜料，让这个庞大到令人生畏的地方斑斓起来。迎面而来的星球大小不一，不时有几颗爆炸的小星球，腾出一个个大小不一的黑洞，吞吐、吸纳反反复复。

"谁也无法预测黑洞里有什么，据说它变化无常，永不重复。"佩荔驿在一旁笑着说。

在银河系的尽头，我们找到了那个一直寻找的星球。

这个星球很奇怪，它长得像个气球，圆圆的紫红色身体下拖着一条细长的尾巴。那条尾巴亮晶晶的，像有无数颗灯火在上面闪烁。

我们将飞船驶进它圆圆的身体，穿过它紫红色的气层。

我们降落在一个灰色的平台上，舱门慢慢打开，一股强大的压力压了过来，但尚在可承受范围内。我们刚走下飞船，一个身穿盔甲的男人就迎了过来。

"你们好，"耳朵里的语言翻译机翻译得十分清晰，"我是尾星的外来业务负责人，你们有何贵干？"

佩荔驿上前去，向那个男人展示自己手指上淡绿色的疤痕："我找山宇，就是这么高……"她伸手比划着山宇的外形特征。

那个男人摆摆手笑了："不用这样，我带你们去，能找到的。"佩荔驿开心地跟上去，司铲拉着我，看起来他还不太适应尾星的压力。我们三个一同跟在那个男人身后，走到一栋白色的大楼前，大楼的旁边就是这个星球的尾巴，它在远处闪烁。

男人按下开关，白色的大楼冰箱一样被打开了。

里面一格一格显露出许多格子。

男人走到就近的一个格子按下开关，里面是一个五官俊俏的男人，双目紧闭，熟睡一般。

"是他！"佩荔驿扑到玻璃上，"他怎么了？"她焦急地看向穿盔甲的男人。

"他没怎么，"那个男人笑了，"你不是第一个。"男人将手臂上的盔甲拨开，上面是一排按钮，按下最中间的一个，所有的格子都打开了。

里面全是一模一样的山宇。

男人不顾佩荔驿的吃惊，十分轻松地说："这些都是我们制造的复生剂派送机器人，去各个星球做复生剂实验的，"他转向佩荔驿，"你不用爱他哦，他只是个机器人。"

"怎么可能？"佩荔驿摇着头，声音微弱了许多，"我和他有一个孩子。"

那个男人笑得有些猥琐："为了让用户体验更加真实，我们有一个捐精库，所以你孩子的父亲应该是某个你不认识的人……对了，那个尾巴，"他指指远处这个星球的尾巴，"那个是监测你们生命的环形手表，好多个……"我们一起看向那条闪烁的尾巴，上面无数个环形手表在闪烁，没有人关注它们，它们孤独地闪烁着，它们的主人都以为自己随时被监测着。

司铲突然颤抖着蹲下，我顾不上惊讶，急忙蹲下身安抚他。却听到背后嗖的一声，回头一看，是佩荔驿驾驶着飞船飞进了不远处的一个黑洞里，一个她从未去过的，变化无穷，永远新鲜的地方。

"那我父亲……山宇，爱过她吗？"刚刚体会到爱的我，抬头追问这个在我看来十分重要的问题。

"机器人怎么会有爱呀？"男人摇摇头，又看向我身后虚弱的，刚勉强站起来靠在路灯旁的司铲，埋怨道："你们怎么能把再生人这种低级机器人带到尾星上呢，他体内填充的草药和机械受不了这么大压力的，"他用手指向司铲，"你看，最多撑不到一个小时……"

我张大嘴巴说不出话来，惊异地回头看向穿橙白条纹衣服的明朗少年，他"砰"的一声，烟花般的绽开了，许多橙白色小花飞出他体内的一瞬间和他一起碎成了亮晶晶的粉末，由于惯性在我身边绕了几圈后，慢慢散去了。

河亩

扫这里
山宇河宙的秘密提前剧透

从前有一个海员，在海边种了个花园，海员做了园丁。花园开花了，园丁走了，去了上帝的海。

——安东尼奥·马查多

一、教　徒

周身萦绕着青苔色雾气的男人拖着深绿色的沉重步伐，以一种刻意萎靡的姿态行走在每一条街上，一步一步都认真而庄重，脖子上与他极不搭调的月白色丝巾减少了他的丑陋，使这种行走如同举行神圣仪式。他将腰弯到最低，脖子上的丝巾几乎碰到地面。

他是个一边鞠躬一边行走的人。

这种行走他每天日出时都要做一次，准时得如同教徒临睡前的祈祷。他会屏息凝神地走着，他弯下的腰、垂下的头，向每一块地上的砖表示自己的虔诚，那些因他经过而变得更绿的砖，似乎也能以自己颜色的加深见证他的诚恳，它们一起松动颤抖着，一块块地为他感动。

但他其实并不祈祷什么，他只是想一步步前进，心里的快乐会因为快要走到城市的尽头而一点点变多，他享受这个愉悦慢慢增长最后胀满心扉的过程。

穿过最后一个小胡同，他就能看见大海，在一缕缕反光中不断出生和死亡的欢乐海洋。无数蓝色的波浪掀起的雪白泡沫快乐地翻腾，带着疯狂扑向他的潮湿海风，他可以忘记自己身上绿色的腥臭气，眼中升起久违的，因为有过绝望而更不轻易出现的希冀。

二、造日者

海边的白驹镇里的白驹街，白驹街上的白驹巷，白驹巷中的白驹馆，是绿色的。

满满的青绿色从这里蔓延而出，由浓变淡，占据整个白驹镇。

空无一人的白驹镇，一座名副其实的绿色之城。

如果你是个好奇心十足的日照菜菜贩子，清晨推车为了抄近路到首城去卖第一波新鲜日照菜而穿越这座绿色的城市，可以顺着绿色由淡变浓的痕迹找到白驹馆。不过恐怕你很快就要逃开，因为里面散发出的腥臭气一定会让你捂着鼻子跑掉。

河宙在这时还是个西装笔挺的科学家。只不过他的相貌实在怪异，鹰钩一样的鼻尖，蒜头一样的鼻翼，这个四不像的鼻子在他脸上奠定了"丑陋"的基础。以鼻子为中心延伸的是他有很多层眼皮的眼睛，这使得他一睁开眼睛就会让整张脸上都是眼睛——多层眼皮曾被《白驹日报》称为"有神"。

幼年时期河宙躲在城中心的白驹馆里做研究，他研究飞翼——一种能让人飞天的翅膀，有时候还做光能源开发。他喜欢造出一些普通人认知里不可能存在的事物，打破已有的界限。这使他获得满足感。

他的父亲孙先生是有名的科学家，是那一代做研究的人里的佼佼者，发明了可以在天上运用地球两极磁力悬浮从而达到飞速的私人飞碟，还开发了无限使用的光能源。

河宙的出生是不被期待的。他性格刚烈的母亲怀孕七个月时发现孙先生与一个叫千喜的女人有染，毅然决然要打掉他。手术台上母亲因失血过多而死，河宙却奇迹般的在被医生从子宫里拿出来时发现还有呼吸——这个未成形的胎儿，长得是人类的模子，却有些怪异，他的天灵盖随着他的呼吸不停煽动着。

医生通知了孙先生，这位伟大的科学家有条不紊地为自己的儿子做了很多机器的器官来补充他的先天不足。他深知这种手术的利弊——做了好的机器内脏就等于固定了人体一切形态，这意味着儿子不能做整形类的皮肤手术。不过孙先生是个看中内涵的人，或许是因为他有着瘦削的让多数女人都喜爱的文质彬彬的科学家外表，已经习惯了受人喜爱，所以他并未考虑儿子的人生会因为外貌有什么艰难之处。

河宙的父亲孙先生去世后，河宙成为了新一代科学家的领军人物。他常常要登上《白驹日报》的头版头条，是白驹镇的光荣。多数少女也并未被他的外表吓退，主动追求他，或许是仰慕他的才华，或许是想要通过他改变自己平凡的命运——科学家的太太，听听，多动人的头衔。

　　但是河宙——拒绝了，他是个很理智的聪明人，聪明到过分怀疑这世上的一切。比如，如果他被一个美丽善良的女孩追求，他一定能洞悉这女孩纯良外表下的阴暗面。或是某个好友给予他真诚的关怀，他也一定能察觉此人有何目的。

　　他就是认定，人是个能量平衡的物种，有多少美好，就有多少阴霾。

　　少女们的打扰没有持续太久，很多新的科学家涌现，她们蜂拥到另外的人身边去了。

　　直到太阳出了问题，河宙才又被想起来。

　　太阳由于被人类大量开放（取光、取热，甚至有人直接驾驶着防高温的交通工具去开采），开始逐渐丧失了光和热。它像个年轻时被摘去了子宫的女人，未老先衰——以孙先生生前的文章预测，只要使用合理，人们本来有足够的时间来研究太阳衰老的问题。

　　河宙作为光能源的研究大头，被首城选中成为"造日者"计划的候选人之一。又经过层层选拔，河宙很快成为了这个国家唯一一个合格的"造日者"。

　　这个被遗忘的城中心巷子里的角落，又成为了重要地带。河宙成为了军事系统里的人，总统和人民要求他把白昼的所有时间都奉献给太阳。为了让河宙专心工作，他们在河宙体内植入电子炸药，遥控器是一个小小的铁盒子，如果河宙背叛国家任务，他们就会按下开关让河宙化为灰烬。

但是河宙不懈怠的原因并不是因为怕死。他天生具有使命感，造日对他来说是一项如呼吸一样必要且时刻进行的活动，并非任务。

国家为河宙把白驹馆扩建成为一个城堡那么大的别墅，周边还有层层警卫把守。河宙有了每天服务于他的管家和女仆，还有24小时不间断的研究小组为他打下手。为了使河宙更加有使命感，《白驹日报》专门开出了一个版面来报道河宙的研究进展。标题也是夸张得不能再夸张，通常是"太阳之子——造日者如何拯救太阳母亲"、"造日者的目标——重做一个太阳"、"造日者许诺下个月太阳能量将宛如初生"等等。后来报纸没得写了。干脆就报道有关河宙的一切事情，"造日者早餐胃口大开吃三碗西西面"、"造日者路过街角与少女微笑示好"（河宙没有解释自己只是口腔溃疡咧了咧嘴）、"造日者买了一双新皮鞋"，后来报纸的记者们还成了信口开河的小说家，他们随时可以写出"造日者双腿肌肉发达似随时准备变身夸父上演逐日神话"……河宙还拥有了一个领导人一样的电台，这个电台是每家的防盗门都会自动播放的，河宙可以随时拿起话筒发言，让所有人听到自己的声音——河宙从来没有用过。

河宙不喜欢这种生活，但他也没有反抗。生活对他来说也就是一间实验室，比以前的白驹馆里的实验室大不了多少，他依旧投心于研究，有时一个月不说一句话。

他是个真正的造日者，他的心里只有太阳。

太阳的能量被河宙不断修复着，一切都进行得非常顺利，但是他还是发现了棘手的难题，他每天补充的太阳能源根本赶不上消耗的速度。而且太阳每天只有白天对蔬菜和树木有作用，一到夜里，他就要为地球上根本用不着的太阳的消耗付出代价。

所以每次河宙看到月亮就会恨恨的，这个借光的却没有任何用处的球体，使他更加无奈，只要一看到月亮，他就会想到太阳现在正在消耗着与地球无关却必须由他去补充的能量。河宙多希望太阳是个灯，白天的时候打开，晚上照不到地球时就可以关掉。

太阳一天天的衰老使他无可奈何，尽管这很微小，不易被人察觉——人们沉浸在被造日者拯救的美梦里。但一年后大数据显示太阳的衰老依然在加快并且越来越快时，人们惶恐了。黑压压的人群挤在各国的造日者家门口，像是在乞求，也像是在讨伐。

河宙被人们的哀嚎和谩骂折磨得无法专心做研究，最终他决定撒一个谎。

河宙拿出一种无毒的自然分裂型绿色细胞——这是以前河宙懒得打理家里的草坪又怕父亲责骂而发明的"绿色障眼法"。河宙将它倒在家门口。这种细胞分裂速度之快使整个白驹镇在一天之内变成了绿色。那些绿色从河宙的家门口蔓延出来，如同绿色的浪潮涌向围在河宙家周围的人群，吓得他们连连后退，最后四散开跑回各自的家。如同因蜜糖而聚散的蝼蚁，河宙看着黑压压的人群退去时冷冷地笑着，这个笑扯疼了他口腔溃疡的嘴。

河宙拿起那个从未用过的电台话筒，表演出一种故作镇静的慌乱："让大家受惊了，为了让太阳能源增长，我使用了无限分裂的病毒，但是大家不要担心，只有接触一个星期以上才会感染。"他又故作结巴地补充了一句，"我会在一个星期内把病毒清除的，请大家千万不要因为恐慌感染搬走。"

于是白驹镇的所有人在一个星期之内都搬离了这个城市。

首城的人冠冕堂皇地让河宙留在这里继续研究——顺便隔离病源，并强制性让管家仆人继续照顾这位为了人民利益而做出牺牲的伟大科学家。河宙则装出深明大义的样子辞退了所有仆人，他们感恩戴德地逃出河宙家，再也没有回来。

但太阳的能量的确是一日不如一日，蔬菜开始卖得很贵，并且分为化学合成的"假蔬菜"和在太阳下养大的"日照蔬菜"。日照蔬菜的价格越来越高，因为随着阳光的减少，田地里几乎不长蔬菜了。所以，尽管城中已经空无一人，河宙依然没有时间享用好不容易得来的清净，他整日整日地把自己关在实验室里，肚子饿了就吃自己化学合成的"假蔬菜"填饱肚子，然后继续研究他的太阳。

整个国家繁华的地带几乎都没有绿色了，平日里坐空中列车上班的人们可以俯视到，只有白驹镇和边缘的毒树林山区地带是这个国家仅存的昂然生机——而它们居然都是有毒（起码人们现在这样认为）而且不可靠近的。

三、许多吻登上满是补丁的棺材

夕阳难得有光热充足的一天，它将光亮像金沙一样洒在山坡上，从坡顶倾泻下来再流向四面八方，最浓厚的部分直直流进大海，将海洋染成金红色并使它失去了原本的湛蓝，那些翻滚的泡沫此刻也都带着有强烈自恋色彩的金灿灿，妩媚地翻滚着向海边一排排的孩子们展示着自己浪漫的姿态。

窦本港躺在那艘承载了他与千喜太多记忆的旧船上，铁青的面色因夕阳有些泛红，露出一丝虚假的幸福。孩子们挨个上去吻那艘用许多木板笨拙地修补过的旧船——修理类的事情都是窦本港来做的，其他人都不怎么会。这次负责补船的藻鸦作为窦本港的徒弟，手艺还不怎么熟练，于是这艘旧船有了些凄凉的可爱，十分像一个打了许多补丁的棺材。

孩子们挨个亲吻过旧船后静默地站成一排，他们等了一会儿，夕阳已经下去了三分之一时，一个孩子说："甘沛还没来吗？"

藻鸦望了望身后山脚下茂密的丛林，林涛一阵阵带着与季节不符的寒风从树林深处席卷而来。她摇摇头："她不会来了。"然后藻鸦将船锚拔起，几个孩子和藻鸦一起将那艘满是补丁的棺材推向海洋深处。

他们艰难而庄重，带着不舍推动着这艘沉重的旧船，直到海水淹过他们的腰肢让他们有些站不稳，他们才松手。

此时旧船已经可以自己飘向远处，并且越飘越远。夕阳只剩一个即将沉入大海的小角，暗红色的光晕似乎魔咒般的召唤着旧船与它一同沉默在茫茫海洋中。

藻鸦和孩子们都十分默契地看着那艘船消失的方向，过了一会儿他们重新快乐起来，开始堆积木——窦本港一直非常钟爱这个游戏。今晚的天突然阴云密布，没有月亮，几个年龄较大的孩子捡来木柴，点起篝火，漆黑的海洋像个巨大的魔镜在月光下波光粼粼地颤抖着，它为孩子们欢乐舞步带来的生机而战栗，孩子们全然不知自己的喜悦有多么大的力量，这种愉悦甚至穿越寒凉刺骨的山林到达了山中湖上的木屋，震动了里面正在悉心呵护花草的园丁甘沛。孩子们玩累了，懒得回到家中，他们将自己埋进沙子里，然后在暖烘烘的沙子的包裹中安眠于山脚下。

只有藻鸦没有睡，她站在海浪刚刚能扑到沙滩上的最后的界限边，让海浪每次仅仅能拍打到自己的脚趾。她并不为了窦师傅的死而难过，她只是觉得人生莫名又回到了从前的状态——没有什么盼头和目标，也不知道接下来该做什么让自己的人生能有趣些。

十年前藻鸦十三岁，与村落中女孩不同的是，她有一头棕红色的头发和有些异域风情的五官（这是奶奶的基因），与村落女孩子一样的是她有两个选择，继续上学或是嫁人生子。继续上学如果聪明就有机会成为河宙那样的大科学家或者某些大科学家的助手，就算学不好也可以在好一些的城市落脚；嫁人生子就会如同自己的母亲——幸福而无聊地度过一生。

同龄女孩儿们纷纷做出了自己的选择，藻鸦则与多数的少女不同，她两个都不是特别想要。她也不知道自己想做什么，或者说如果那时母亲强迫她去上学或是嫁人，她也不会有任何异议，但是她还是一再表示自己需要再考虑一下。

藻鸦一直习惯穿着满是铃铛的衣服——她幼时就为铃铛的清脆所吸引，可惜她并不知道太多铃铛聚在一起会非常吵闹，于是固执地将自己的连衣裙拴满铃铛，叮叮当当地招摇过市。等她十三岁这一年，已经不再单纯地往任何地方拴铃铛了，她开始看到自己逐渐发育的有些曼妙的身体。尤其在每次洗完澡后，她会对着镜子，用一种极其柔美的姿态将镜子上的雾气暧昧地抹干净，然后咬着下唇欣赏自己逐渐要变成女人的痕迹。

十三岁的藻鸦已经明白如何将铃铛恰到好处地变成自己的特色装饰而且不喧宾夺主，她穿着长袖连衣短裙，上身的长袖完美地遮盖了她有些粗壮的手臂，极短的裙摆则显出她修长白皙的双腿。她最聪明的一点就是知道极短的裙子容易给人太过裸露的轻浮感，有些像村落中的妓女，于是她将铃铛拴上金色丝线，挂满超短裙的裙摆。金丝线尽头的铃铛使金丝线垂坠感极好，使金线密集地聚在一起如同一层金纱，藻鸦的双腿走路时会从里面不断地露出来，铃铛则规律地随着她走路的节奏拍打在她的小腿肚上，声音美得恰到好处。一头棕红色长发常常迎风飘扬，带着些昨夜睡觉时压出的不规则大卷。她的鼻子日渐高挺起来，像一座巍峨的随时会爆发泥石流来毁灭一些事物的小山峰，蓄势待发地在她脸颊上挺立着，带动着她的眼眶也深邃起来，愈发向里凹陷，灰蓝色的眼眸深深镶嵌在眼眶中，在白天和黑夜里都能闪出不一样的光泽，那光泽无关乎少女的无知，是一种奇妙的冷漠。藻鸦有些营养不良，如果她胖一些或许会像一些村外杂志上的外国美人，因为她五官和身材的底子都能与之媲美。但是因为村落中食物单一而且藻鸦又喜爱运动，所以她显得有些干瘪，使人第一眼看上去会觉得她的身体内部不够饱满，无法填充这副美艳皮囊。当然，总体还是好看的。

藻鸦就穿着满是铃铛的衣服，每天穿过村落，接受着人们的欣赏。她会一直走到海边去，看着不断卸货的港口，努力像看到里面有什么新鲜玩意儿。冥冥之中，她总觉得这世界上总有些更有意思的事情，不像那些登上云端的人的人生那么汹涌澎湃，也不像科技发达的悠闲村落中传统家庭那般清晰可见的乏善可陈。

就在这时，窦本港带着藻鸦所期待和预感的那种冥冥中的气息出现了。

窦本港在深秋时来到镜岛，穿着一身深棕色的衣衫，从他脸上和胳膊上的白色皱纹里可以看出，他在不久前还是个可能有些油腻的胖子——不过他现在真的是个瘦削又干练的人，五官还有着许多中年男人一定没有的秀气。

窦本港说自己从前在镜岛住过很久，如今想从镜岛带一批人到内地做学徒。

"学徒"是个很抽象的词，藻鸦可以想象到大科学家河宙的助手，也可以想象到以前书籍中包身工里受虐的女工人。

但窦本港轻轻笑着，不游说也不争辩："学什么都好，主要是看看外面的世界，通过自己的努力过上还比较随心所欲的生活。"窦本港熟练地剥开镜岛的镜子果塞进嘴里，"主要就是为了获得真正的自由。"

"那你为什么带我们走，我们跟着你能获得什么好处？"藻鸦追着窦本港问了一句。

"非要有好处才做事情吗？"窦本港又好脾气地笑了。

"当然！"藻鸦的声音甜美而锋利，她说这句话时向窦本港猛地靠近了一些，铃铛响得有些急切。

"不一定啊，比如我，只是因为太无聊了，想找些事情做……"窦本港看着镜岛入口的古老灌木丛，深深呼吸了一口久违的镜岛掺着浓雾的空气。

藻鸦一把抓住窦本港的手，跟定了他。

四、园丁的花山

河宙实在是吃腻了这些奇怪的合成蔬菜，巧克力味的黄瓜因为每天都吃现在吃起来有点像儿童牙膏，牛奶味番茄再吃一次他一定会吐……他开始埋怨自己为什么平时没有像别的科学家一样多鼓捣一些吃的喝的，心思都放在了自己的学问上。现在他就只会合成巧克力味黄瓜和牛奶味番茄，而卖日照菜的小贩根本不愿意靠近这里，即使他起个大早去城中通往首城的小路去拦截想要抄近路赚差价的日照菜菜贩子，那些菜贩子也会在第一时间看到他的身影就跑得远远的——虽说这个传闻中的"绿毒"要七天才能感染，但是他们还是拒绝靠近河宙这个丑陋的感染源——当然在他还不是感染源的时候大家也因为他的丑陋而选择远离他。

河宙开始有些后悔自己撒的谎，什么绿毒，只是草坪生长剂。

但是后悔已经晚了，河宙只好在一天的工作结束后裹上厚厚的衣服，将自己严实地盖住，在这个炎热的夏季，他甚至戴上了全脸式口罩——但是因为他的鼻子太大了，别人即使隔着口罩依然有可能认出他。他去了自己这辈子就没去过几次的试衣间——里面全是别人送给他的西装衬衫和各种风格的衣裤，但他一直穿着研究服，一次都没穿过。河宙在试衣间里鼓捣了一下午，对着镜子努力想让自己看起来像个正常人，甚至练习了微笑。但是当他的嘴裂开时，他沮丧又惊异。

"看来以前不来试衣间是对的，我以为自己已经丑到底了，没想到还能再丑一点。"他把那些带着各种巧妙装饰的（比如一个领子设计可以显得脖子修长的衬衫，可以让人看起来像是有腹肌的紧身T恤）衣服统统扔在了地上。然后河宙穿着自己白色研究服，驾着磁悬浮动力的私人飞碟先飞到了最高空，确认这一流层没人后打开了热感地图。果然全国唯一人烟稀少的地方只有最边缘的毒树林山区。这里有着覆盖很全面的高科技屏蔽器，他只能走上去。

在与季节极其不符的渡邻山口，河宙就感受到了深冬般的寒意，绿色的树林将通往山中的路的入口遮盖得很严实，层层掩映的姿态似乎是在保护什么。河宙是通过寒风吹出的方向找到这个入口的。

绿色的林涛让这里生机盎然，河宙拿出父亲生前发明的植物探测仪，惊奇地发现这里的植物其实并没有毒。

可这就说不通了，父亲当初作为勘测组长，一本正经地写了一个月的报告，表示这里的植物有普通探测器无法探测出的剧毒，需要与全国隔离。那时的父亲流连忘返于一个叫千喜的女人那里，该不会是昏了头写错了报告？河宙不禁发出带有嗤之以鼻情绪的冷笑，将笨重的防毒靴子脱下一层，大步踏入山中。

整座山中全是橙白相间的条纹小花。

如果单单以这种小花的面积来看，这座山都应该是橙白相间的，但是因为这里的树木长得很高，枝叶因为阳光雨水过分充足有着放肆的肥沃，所以他们将矮小的花朵遮盖了起来。

探测仪显示这些橙白相间的条纹小花并没有毒，资料中讲这种小花主要是用来防腐——可以说是用来制作现代木乃伊，也就是"再生人"的填充品，不过已经被废弃很多年了，因为这种小花不容易成活，而且作为填充物抗压能力也很低，一旦再生人脱离正常气压就会爆炸。

这时夕阳快要下山了，暗红色的光辉在整个山间无孔不入地侵略着，那些橙白相间的条纹小花就像一块块衣服的碎片，在寒凉的晚风中因夕阳渲染好像随时要以一种温度极低的火焰形态燃烧起来——河宙的皮肤被冻得有些麻木的疼。

五、流动的坟墓

河宙没再理这些密布的小花，他实在太饿了，为了节省时间，他大步踏上它们，留下一片片橙白色的汁液在地上，汁液渗透的土地马上滋润起来，周围的杂草都有了些活力。

再往山的深处走，穿越鹅卵石铺成的小径，掀开一张张树枝做成的帘幕，一切都豁然开朗起来。这里果然是有人居住的，有一片湖，这片湖很奇特，它下面发光，像是有很多盏灯，水下的那些灯一样的东西不停地移动着，流进西边的洞里，而东边的洞里则不断有新的灯一样的东西流出，它们像是水下的巨大萤火虫，闪着温吞又吸引人的光芒。

河宙用激光戒指的实体镭射光线暂时性的切割开水面，虽然只有三秒的时间，他还是看出了那是一具具棺材。

那些棺材从湖水的入口流出，从湖水的出口流走。河宙往回走了一段，走出树帘。在山腰的外围，他惊异地看到整个山腰有八个这样的洞通向地下，组成四个出入口，山顶的泉眼流出的水推动着八个洞里的河水流动，同时也推动着里面的一具具棺材。每一具棺材上面都涂了防水光分，它们在水下流动着，发着光。

河宙走回湖旁，打开强光手电，发现湖中央有栋木楼漂在水面上。此时月亮从浓密的云层中钻出来照亮一些景物。河宙所厌恶的月亮照着这个木楼尖尖的顶部，像是给木楼戴了顶会发光的帽子。周边没有船，河宙不知道怎么到那栋木楼里去讨些吃的，也不明白木楼的主人怎么上岸，更不明白这些流动的棺材是做什么用的，是木楼里的主人在观赏它们吗？

这时河宙突然有了自以为是灵光一现的想法。"里面住的是千喜吗？"他不禁叫了出来。

也许父亲努力让这座山隔离，就是因为这里住着千喜？

"千喜！"河宙朝着木楼喊，没有人回应。

入夜后林涛带着月光的寒凉一阵阵扑过来，河宙感到更饿了。他走到湖周围的树林深处，将叶子和橙白相间的条纹小花摘下来放进碗里，用激光戒指的射线将它们烤熟消毒，大口大口吃起来。橙白相间的条纹小花的味道居然不错，有些天然的甜味，但是树叶就有些让人倒胃口，涩涩的有点发苦。

吃饱后河宙将橙白相间的条纹小花装进袋子里，装了满满一大包，背着包裹走出了渡邻山。

他头也不回地挺着吃得饱饱的肚子上了磁悬浮飞碟，然后在夜色的掩盖下顺利起飞到平流层。

天太暗了，平流层无数磁悬浮飞碟里来往下班的人们并没有看到，某个飞碟里坐着已经被隔离了的大科学家，同样，河宙也没有注意到，从他离开渡邻山开始，就有一架磁悬浮车跟在他身后了。

六、新月 I

被窦师傅带到渡邻山的时候我还不知道窦师傅的"性别"。那时我父母满心欢喜地看到他带我走，以为我会和他成为夫妻，以为我终于不再是全村人口中的"怪女"——我这个年纪，又不相亲又不出去读书，在村落里实在是太多余。但事实证明，窦师傅非男非女，他与古书上记载的太监一样，在这个年代被称为"中性人"。

我们被窦师傅安排在渡邻山山脚下的山洞中居住，这里能较好地抵御渡邻山的寒冷——我常常在清晨起床后看着渡邻山入口的深绿色树林发呆，那是一种不可预知的神秘莫测，使我激动得有些发抖，甚至感到心脏因为过于想要探究里面的神秘而发酸。

但是窦师傅不许我们进去，他说里面有毒，进去必死无疑。

但是我分明常常看到窦师傅一个人在我们睡熟以后独自进入渡邻山，他步履稳健，不像平时那样慢吞吞的，还带着些兴致勃勃的激动，这也是我平时在云淡风轻似乎已经羽化登仙没有任何私人情绪的窦师傅身上看不到的。

我并没有悄悄跟过去，虽然我真的很想跟上去。我甚至不知道自己退缩的理由，可能是害怕，但也可能是对于这个神秘的寄托，我宁可在心里保留一份对神秘的渴望并依靠着苟活，也不愿意一探究竟。是，我是怕自己失望。

窦师傅常常穿梭在我们这些被他领回来的孩子之间，不断地把一些新的奇怪的任务交给我们。有时给我们一些橙白相间的条纹小花，让我们研碎做成汁液。那些小花很神奇，即使捣碎做成汁液，汁液的颜色也是橙白相间的条纹色，不会混在一起。窦师傅交给我的任务与别人不同——我自认为这是因为我是所有孩子里面最聪明的一个。他让我把一些五颜六色质地奇特的石头捣碎成粉末，然后用一台高温仪器烤化融成水状，再倒进一个大木桶里——后来每次我偷偷看到窦师傅晚上一个人入山，就是带着那个大木桶进去的。所以每天早晨我起来就要继续面对不一样的石头和那个空空的大木桶。

我喜欢那些奇异的石头，它们有些像宝石，有些像雕塑，上面的纹路千奇百怪，但是绝不是大自然的鬼斧神工。那些石头上有很多可能因为年代久远而有些模糊的人造图案，好像是记载了一些我未曾听说过的文明。有时我能看到一些石头里隐藏着很多画卷，上面画着我从未见过的景色，有时是一些奇妙的质地闪着宝石般的光泽，甚至有些石头在敲开后会流出一些闻起来很甜的液体——当然我不敢去尝。这些变化无穷的新奇玩意儿使我格外快乐，每天都是愉悦的。

后来我才知道那些是陨石。

而窦师傅将我做的石头液体与其他孩子们做的橙白色条纹液体混在一起，其实是为了防腐。

这一切都是我在被窦师傅带入渡邻山后知道的。

那天窦师傅心情很好，他把我从单独的实验室里叫出来，和我一起在海边走了一会儿，直到远离了我们居住的山洞。

窦师傅的脸比我第一次见他时更加瘦，皮肤干瘪得让原来白色的肥胖纹变成了一些深深的、动人而真诚的沟壑，他开口说："我要死了。"

我不可置信地看着他，这句话在海边的夕阳下显得有些恶趣味的浪漫，一阵海风从遥远的海洋深处被浪花推到我身上，带动连衣裙上的铃铛叮当作响，其中一些铃铛因为海边潮气的侵蚀有些生锈，响声并不那么清脆，但是和清脆的几个铃铛一起响时反而有些二重奏的优雅。

"我现在有些事情要交给你。"窦师傅转身向渡邻山的入口走去，我却还站在原地，窦师傅似乎感觉到我没有跟过来，他转过头，"进来吧，不会让你失望的。"

看来他非常了解我，我跟了过去，迈开腿之前我意识到这是一件应该秘密进行的事情，于是我把裙摆上的丝线聚拢，使那些铃铛全都握在我手里，不会叮当作响。

七、复生剂 I

白驹馆最近有些奇怪。

　　河宙首先发觉自己的床在晚上重新躺上去时和白天起床时不一样——枕头跑到了床尾。然后他路过试衣间时发现门是被打开过的，电子锁闪个不停，他走进去发现里面的衣服都是被穿过后乱糟糟地扔在地上了。他煮熟的从渡邻山带回来的花粥，也常常少了半锅。

　　有时是吃的，有时是穿的，这种情况在白驹镇以前就出现过，但是河宙一直不曾理会。以前的管家曾经想要安装监控，但是河宙拒绝了，因为他的拒绝，《白驹日报》还将他写成了"尽一己之力帮助孤儿的大善人"，但其实河宙只是觉得，吃的穿的自己有了太多，而且他根本懒得去查这些东西。

　　可是现在就不一样了，白驹镇只有他一个人，白驹馆更是没人敢靠近，绿色已经蔓延在整个城市，大家躲都躲不及。

　　河宙决定抓住这个入侵者，白天他都要在实验室里制造太阳能量，于是夜里他使用了红外线探测器，但是一无所获。几天下来，河宙明白了，这个入侵者只有在白天会在他的家里胡作非为，晚上则会离开。

　　第二天河宙一早起来装作什么都不知道，往常一样去实验室里继续工作，但是今天他居然不顾太阳能量会因为他的运作停止而亏损，离开了实验室。

　　这个一向执著的科学家离开实验室的举动是国家无论如何想象不到的，当然河宙也知道，自己工作时间离开实验室会造成太阳能量亏损，可他万万没想到太阳能量亏空到了一刻都不能懈怠的地步，于是在他用红外线探测器探测入侵者的时候，首城的部队已经往这边赶来了，他们想知道，是什么让这个一向专注的科学家犯下"大错误"，愤怒的军事基地领导因为河宙的懈怠导致他研究太阳能导弹的工作无法进行，怒不可遏地要带河宙上军事法庭。

但河宙此时并不知道大队人马已经在来的路上，他的大鼻子一呼一吸，节奏比平时快好几倍，说实话，他从不知道自己也会紧张——即使是许多百姓围在自己楼下时，他也只是厌恶，然后冷漠处理。

举着红外线探测仪的河宙，穿着他的白色大褂子研究服，准确锁定了入侵者——在自己卧室的床上。他小心翼翼地靠近着，但是他的双眼首先关注到的不是路，而是自己的鼻子，他硕大的鼻子一起一伏，频率快的像发动后的马达。

"我在害怕什么？"他捂着自己的胸口，小声地自言自语。

"心跳加快可不仅仅是因为害怕哦，也许有很多其他原因。"卧室的门自动打开了，是躺在床上的女孩按动了床头的按钮。

"终于抓到你了，你在我家躲躲藏藏的干什么？"大科学家做出一副严肃生气的样子，但实际上他正在努力缩紧自己的鼻翼，让自己看起来不那么紧张。

"你笨啊，我躲躲藏藏还会主动开门？"女孩在他床上打了个滚，覆盖身体的裙摆开始叮当作响，河宙看到她的裙摆上拴满了铃铛，女孩拎起裙摆上的一根金丝线在手里摇晃。"你的床真软。"她的话都带着叮叮当当的声音。

"嗯，这是我用海藻提取物做的会呼吸的活体蓬蓬床，它之所以会呼吸是因为里面有珊瑚浓缩物……"河宙突然意识到现在不是讲解自己发明的时候，"你到底在这里干嘛？"他因为被戏弄，生气地把红外线探测仪扔在了地上，探测仪一下子摔得粉碎。

"唉你干嘛，这么贵的东西，"女孩一下子坐起来，腿盘成"W"的形状，活像一只小动物坐在河宙的床上，"你脾气真坏，难怪这么丑。"

"是因为丑才脾气坏。"河宙皱皱眉，意识到自己可能反应过激。

"没关系，反正我不在意你的脸，"女孩又向后倒下，直接躺在了河宙的枕头上，"我来就是为了睡你的床，太舒服啦！"她裙摆上的几个铃铛有些生锈缺了角，直接把河宙的真丝床单勾了起来，河宙无奈地瞪着眼睛，看着女孩舒服的样子居然生不起气来。

河宙叹了一口气，他正准备说些什么话来赶走这个女孩，就听到楼下有警哨吹响，然后是许多铁靴的脚步声。一个大喇叭以扩音器最大的音量响了起来，是一个有些耳熟的男人的声音："河宙，你为什么不尽忠职守，你知不知道自己现在属于部队系统，请你出来！"那个男人的声音义正词严。

河宙这才回过神来，他看看镭射戒指上显示的时间，原来自己已经离开实验室一个小时了。

他打开窗户看到楼下层层包围的人群，知道自己现在的做法在他们眼里就是犯罪，也知道，自己作为这个国家的造日者，早已丧失了正常生活的人权。不，他从出生开始就是个怪物，没人把他当人。

大家看到河宙丑陋的头从那扇当初被欧式瓷砖装潢过现在却已经布满青绿的窗口露出来，首领沐恩用铁靴夹了夹机器马的肚子——这是他以前骑活马时养成的习惯，河宙笑了。

"请你出来！"沐恩用喇叭喊着。

这时河宙又用到了那个曾经为了让他更像一个伟人而设置的中央广播话筒，他拿起那个长的有些夸张的金色麦克，声音响彻在整个城市："我在找另一种能双倍制造太阳能源的物质。"

河宙看到沐恩不屑地笑了，露出一排精心保养过的牙齿，他才二十出头，头发梳成整齐的中分，五官精致带着充满荷尔蒙的少年感，性格却带着小男孩幼稚的戾气："那你身后的女人是谁？"沐恩又夹了夹机器马的肚子，"花了多少钱？"

河宙惊异地回过头，发现那个女孩正笑嘻嘻地站在自己身后，一脸的新奇，似乎没有见过军队，用食指挨个儿数下面有多少人。看到河宙回头看自己，她拍拍他的肩膀："他们是机器人吗？"

　　河宙说不出话来，他发觉这时的气氛很焦灼，沐恩的咄咄逼人和这个女孩的无知正狠狠夹击着自己的不知所措。

　　女孩抢过了话筒："不要钱，我是他太太，"她笑嘻嘻的，把自己裙子上的铃铛揪下一个，狠狠扔下去，刚好砸中沐恩的脑袋。"是不是你经常花钱所以觉得别人也要和你一样在这方面花钱呀？"下面的士兵都忍不住笑起来，沐恩回头看了他们一眼，所有人都不敢笑了。

　　"原来他们不是机器人呀。"女孩把金色的麦克用手捂住，悄悄在河宙耳边说。河宙瞪大眼睛看着这个女孩，她的脸颊上还有睡过他按摩枕的痕迹。他转身离开了。

　　沐恩雪白的牙齿咬了咬下唇，他夹了夹马肚子，提了提气："请河宙下来。"

　　"我下去做什么？"河宙冷漠地看着他们，"把绿毒传染给你们吗？"

　　"不用，我带了鞭子，就地执行鞭刑就可以了。"沐恩还是保持着笑容。

　　"你很好看。"女孩又拿金色麦克说话了，这句话一下子响彻整个城市，在话的结尾还有女孩嘻嘻的笑声。

　　沐恩几乎有些无奈，他不想理会这种普通的让他看不上眼甚至还有些贱兮兮的女孩。他指挥后面的人："你们上去把河宙带下来。"

　　"不用了，"河宙突然出现在窗前，他将一个大文件袋扔下去，"这是双倍能源的计划，你回去交给总督，他觉得不合理你再来用鞭子抽我。"河宙顿了顿，有些古怪的笑了，"还有，机器马不用夹肚子也会很听话。"

士兵们又笑了，这次沐恩没有回头看嬉笑的士兵们，因为他看见了文件袋子上的三个字：复生剂。

他拿起袋子，指挥士兵们与自己一同离开了，无数铁靴"突突突"的声音好像很久以前的马一起奔腾时铁掌击在地上的声音，现在的机器马都是全静音的，人更像马一些。

沐恩没有将那个大袋子给总督，他在回首城的中途宣布全体就地扎营，他们在一片荒郊野岭中搭起了军营——事实上这根本没有必要，再赶几个小时的路就可以回到首城了。但是沐恩说要近距离观察河宙一段时间，就理所应当地在这里安营扎寨了，没有人敢反驳这个年轻气盛的上校。

士兵们因欣然执行了这个没必要的任务，他们在沐恩的主营旁扎起小帐篷，一整夜都在嬉戏打闹，还烤一种蛋白合成的肉。而沐恩则安静地待在主营中，将帐篷的出入口用镭射线像密封膨化食品那样密封起来，然后一个人点起灯，将那个硕大的印有他此刻最关心的"复生剂"三个字的文件夹打开了。

里面清楚地写到河宙要找到拥有复生剂的人，然后将其体内的复生剂取出制成一种无限分裂并且动力强大的类似永动机一样的太阳能源补给。

沐恩慌了。

所有人在午夜看到沐恩从主账出来，带着有些激动的发抖的声音说："所有人在这里待命，河宙可能有很大的阴谋，没有我的命令，任何人不得与外界联系，看紧河宙，不许他离开白驹镇半步。"

然后这个年轻的上校像往常一样英姿飒爽地骑上那匹静音的机器马，也和往常一样完全没必要地夹了夹马肚子，飞奔而去。和往常不一样的是，他急切地打开了机器马的飞行翼，直接飞到了平流层，没人知道他往哪个方向去了。

八、新月Ⅱ

漫山遍野的橙白相间的条纹小花让我惊奇，虽然平时其他孩子们一直在研磨这些花朵，但我从不知道它们的数量如此惊人，窦师傅一边走一边介绍："这是再生花。"

渡邻山里的寒意比外面感觉到的更加令人颤抖，这里的凉是有些阴气过重的凉意。在山腰的拐角旁窦师傅带我脱离了原本上山的路，拐进一个小弯路。拨开一片片藤蔓编织的帘幕，就看到了一大片湖，上面漂着一栋两层的小木楼。而湖水亮得不合理，这么暗的天色，它不该这么亮的。

"我们要到那里去?"我指着那个小木楼，夕阳下它的屋顶是金红色的。

"不，我们先去另一个地方。"窦师傅沿着湖向木楼房后的方向走去，拨开一个模板，一条密道出现在眼前。随着我们进入，里面的灯一盏盏亮起来。地上红色的地毯因为潮湿长了很多青苔，有些地方还被老鼠啃食得缺了几块，我们走过的地方，灯一盏盏熄灭了，我回头看，身后是一片漆黑。走了好一会儿，我们打开了一扇合金门，与渡邻山里面古朴建筑及其不符的雪白实验室出现了。

很多副合金制成的棺材整齐地摆在实验室中，冷峻的银白色让实验室的雪白有了一些对比下的温柔。窦师傅掀开其中一个棺材，里面是一个死去的微笑的孩子。我很惊奇，也去掀开一个棺材，里面还是一个死去的微笑的孩子。

与我从前在村落中见到的死孩子不同，这些孩子身上没有血迹和伤痕，也没有死去孩子应该有的可怖，反而有着纯净的可爱——他们甚至是香的，这个味道我很熟悉，是我每天做的陨石汁液和橙白相间的条纹小花的汁液混合在一起的味道。

"所以那些汁液是你用来防腐的？"我问窦师傅，他正笑着欣赏着我表现出的与他预期相同的泰然自若。

"以后这些工作都交给你了，"窦师傅真诚又信任地看着我，"你能做的比我还好。"

"做这些有什么意义？"我不解，甚至觉得有些无聊——这些死去的孩子目前的确使我新奇，可时间长了我估计会无聊得像医院太平间里的管理员。

窦师傅走到实验室最里面一扇黑色木门前，木门旁边有个紫色按钮，按下后我面前的一扇白墙打开了，露出一面透明玻璃，可以看见湖底。

许多棺材在湖底闪着光，有规律地运动着，如同一些有生命的动物，带着肉眼可见的欢乐，周而复始地环绕着这个湖。

原来刚才看到的湖水是因为它们才亮起的。

我和窦师傅走入黑色木门旁的透明升降梯，升降梯移动的速度有些快，我还没来得及抓稳，它就直直地升上去了，我差点摔倒。窦师傅专注地看着升上来之后地面的景色，升降梯在上到地面后自动被一根铁索勾住，我们就像坐索道一样滑向了木楼。可能因为刚才在地下太过寂静，此时蝉鸣突然有些震耳欲聋，我俯瞰身下的湖，里面漂亮的光斑正规律地移动着——几个小时前我还不知那些是死去的孩子们。

"这些棺材里的孩子，甘沛，就是你即将见到的这座山的主人，是她为了防止这些孩子被做成再生人，嗯，就像她曾经的恋人一样，接到这里来的，"窦师傅在索道缓慢的滑动过程中，眼睛看着我们身下发光的湖，"以后你的工作有一部分就是把新的孩子用防腐的汁液浸泡，让他们的尸体保存完好。"

"这是木乃伊？"我打趣地问他。

"是祈祷。"窦师傅转过头认真地看着我，带着人之将死时对世界万物的爱意。

"祈祷什么？"我觉得这也许是一些愚蠢的巫术。

"祈祷死亡快点降临。"木楼里传来一个女孩的声音，她以一个奇异的愿望凭空插入我们的对话，声音婉转而疲惫。

我的工作很简单，将流动的坟墓中那些棺材里的孩子及时更换，因为窦师傅的防腐药剂非常好用，所以更换孩子只是非常偶尔的事情。研磨陨石和再生花汁液的事情我也都交给其他孩子们了，所以平日里我还是比较清闲的。但是一到黑夜我就必须守在甘沛身边，因为她随时会醒过来，但我也常常跑出玩儿，这导致很多次甘沛梦中惊醒都看不到我。

"你不在我心里发慌。"对于我的贪玩她不发脾气，只是笑着抱怨，"但是你还有想出去看看的心情，我倒是很羡慕，"她给我一些钱，"你去玩儿吧，偶尔回来看看我就好。"

"你不一起去吗？"甘沛的话让我感到她才是真正在坟墓里的人，还没有那些棺材里死去的孩子们活泼——他们还昼夜不停地伴着音乐围着木楼流动，如同一场永不停息的盛大宴会上跳舞的众人。

"不了。"她似乎愿意永远待在渡邻山。

但我已经爱上了外面的世界，新鲜感是我最宝贵的感情啦！

九、梦被海水灌满

在星星比灯火更低的时刻，甘沛梦见司铲。他穿着橙白条纹的衣服在甘沛进入梦境的一刹那，笑得宝石般的眼睛闪出动人的光芒，伴随着他的笑容，甘沛一瞬间体内充满了失而复得的狂喜。甘沛看见他手中捧着与我初次见面时手中捧着的那块比他头还大的陨石。梦的场景是甘沛和他第一次相见的渡邻山的深林地带，甘沛还能感受到深林中低温林涛自带的*丝丝寒意*。

她上前拥抱司铲，梦里她感觉不到他的温度，一切都太不真实了。但是甘沛以为是自己太激动了，她颤抖地松开他，双手抓住他的肩膀，甘沛认真地看着这张熟悉的脸，想把他刻进自己的眼睛。她似乎已经忘记了眼前的司铲已经不存在于这个世界上，或者说她不愿意记得他已经不存在了。

这时司铲突然开启了双唇，他的嘴唇一张一合地说着什么，甘沛尝试着阅读他的唇语，却怎么也读不懂。

"你大点声……"她急切地向他喊。

甘沛的声音就像一把尖刀将梦境割出一个缺口，从话音冲出的那一刻开始，梦被豁开一道口子，司铲头顶的天空突然裂开了，海水从那道口子汹涌地灌进来，浇在司铲的头上。然后司铲就像做实验时的引流棒一样，让海水顺着他渐渐填满了整个梦境。

她看见司铲在流泪，虽然海水已经把梦境灌满，但是他的眼泪比海水的颜色更深一点。那些泪珠从司铲的眼睛冒出，然后在海水中四散开来，海水就被染得更深了一点。随着司铲泪水不断地冒出，海水越来越深，到最后整个梦境变成了黑色——冗长而漆黑的梦境，甘沛几乎看不到自己了，唯一看清的居然是她身上养母千喜的裙子。那裙子带着浓厚的异域风情，在无尽的漆黑中发出微弱古老的光，但是很快被黑色的海水一下一下地冲刷着，光变暗了，她又陷入一片漆黑。

甘沛醒来时藻鸦正坐在她的枕头旁，她笑着起身端了水叮叮当当走过来，裙子上拴铃铛的金丝线因为朝阳闪着光，甘沛知道清晨已经来了。

"今天日照指数很低，再生花可能会有点蔫，要不要把日灯打开？"她把水递给甘沛。

"不要了，"甘沛喝一口水，"今天又有孩子死去吗？"窗帘因为太阳的亮度降低，在清晨也透不进光来。

"有一个，已经从城里运过来了。"藻鸦把甘沛喝光的水杯拿走放在桌子上，又走回来坐在她旁边，"可是虽然是笑着死去的，嘴角还是有些歪斜，看起来并不快乐。"

"那就不要了，扔回去吧。"甘沛开始穿衣服。

"好，那我出门咯，晚上回来。"藻鸦迈着修长的腿走了出去，但她很快又返回来了，这次她带着有些戏谑的笑容，对着因昨夜的梦仍稍显阴郁的甘沛说，"那位上校又来找你了，热感系统显示他已经到山脚啦。"

"你先走吧。"甘沛头也不抬地继续穿衣服。

十、复生剂 II

沐恩来到渡邻山时才发现自己低估了渡邻山在夏末的温

度，这里即使在盛夏也是很冷的，更不用说快要到初秋的季节。他打开军服的恒温系统，依然冻得有些瑟瑟发抖。在山口，机器马因为渡邻山全面覆盖的高科技屏蔽器而失去了继续当坐骑的能力，沐恩只得下马。每当这时他就会抱怨高科技军事的弊端，并且开始想念他幼年时期的小马驹，不过少年的稚气让他热血沸腾地奔跑起来，没有一点踌躇。

他一路跑上山，到达山腰时因为满头大汗又吹了寒风的原因，他的头有些痛，不过他顾不了那么多，作为一个军人，他深知情报的时效性有多么重要，一秒的差别都可能使任务失败，更何况他现在要救的人比他自己还重要。

山腰上的八个洞口使沐恩十分晕眩，他不知道哪两个洞口之间的地方是找到木楼的入口，只得一个个用脚踢着试，试到第四个时他因为太没有耐心而一下子冲了进去——这个入口是对的。

令他讶异的是索道的车早就在那里等他，他有了些十万火急中生出来的安慰，这座山里只有甘沛的科技系统是不被屏蔽的，这就说明甘沛现在还没有危险。

在木楼的二楼，沐恩如愿以偿地看到了甘沛。

正在暗紫色床上趴着休息的甘沛被门撞开的"砰"的一声惊得直接坐了起来，然后她带着些严肃的责怪："你怎么又来了？"

　　沐恩先是冲到甘沛面前，双手握住甘沛的肩膀，上下看看她，发现她一点事没有，带着喜悦与紧张语速极快地说着："河宙，就是那个造日者，要取你体内的复生剂。"

　　"取就取吧，反正我都不知道怎么把这个东西从身体里弄出来，不信你看，"她从床头柜子的抽屉里拿出一把斧子，把镶嵌着绿色指环的左手无名指剁掉，手指马上长了出来，和之前的一模一样，连指环的位置都没有变，"复生剂已经融入我的身体了。"甘沛无奈地把斧子扔回床头柜，然后把床头柜的抽屉全拉出来，里面是一排排刀和斧子之类的工具，"你看看，我现在有时候都把杀自己当爱好。"

　　沐恩跪在床边，和床上趴着的甘沛保持着相同的高度，他把头凑近甘沛："你不要这样好不好，河宙不是普通人，他父亲是孙先生，就是和你养母千喜在一起过的那个男人。"

　　甘沛一下子睁大了眼睛，随后她又噗嗤笑了："我已经好久没有听到过千喜的名字啦，再听到真好，有天夜里我还听到有个男人的声音呼唤千喜，但是应该是我的错觉，是我太想她啦。"甘沛从床上起来走到地上，沐恩还半趴在床边，他看见甘沛走向深紫色的纱帘，"刷拉"一下将深紫色的纱帘拉开一层。"他真的是孙先生的儿子吗，他父亲为千喜建造了空中楼阁，是个很厉害的科学家，"甘沛说着，把第二层纱帘"刷拉"一下的拉开，"不过他父亲是个喜欢站在道德高地上用下流手段让自己快乐的人。"甘沛把最后一层薄纱"倏"的拉开。"不过既然他儿子是个很厉害的人，我就开心了，"这时晨光已经洒满了山林，甘沛转过身，逆着光沐恩看见甘沛透明的睡衣勾勒出她柔和的线条，她的身躯无尽地舒展着伸了一个懒腰。"我想把自己送给他做研究，能让我死最好啦。"

"不要！"沐恩起身跑过去紧紧抱住甘沛，"不可以！"他用力抱着甘沛仿佛要将她按进自己的胸口。"不行！"他命令着，但是在甘沛看来全是小孩子的耍赖。她有些厌烦地推开他："我还是比较喜欢你冷酷些的样子，嗯？"她为沐恩打理了一下因为赶路而褶皱的衣领，"小朋友。"

十一、空无一人的小镇

藻鸦在河宙的白驹馆里上蹿下跳，因为河宙整日在实验室里忙碌，根本无暇顾及实验室外发生了什么。常常他忙完了一天出来，实验室外面已经像经过了轰炸——藻鸦吃光了冰箱里美其名曰"为河宙带来的零食"，河宙的衣服也被藻鸦用剪刀改造成了连衣裙和阔腿裤，她还把河宙的合金模型都炼化了，做成很多铃铛，拴在刚做好的衣服上，叮叮当当地四处乱走。

当然，河宙出来之前藻鸦就走掉了，她虽然喜欢恶作剧，但她可不愿意看见河宙发火。

但是河宙还是利用午餐时间抓住了这个为所欲为的入侵者："你到底要做什么？"

藻鸦摇头晃脑的以不在乎的态度来逃避，似乎她觉得自己上次为河宙解围立了大功，愈发为所欲为起来："我只是想玩儿新的，我住的地方已经没有新东西可玩儿了，没意思了。"

"但你以后不能来了，会打扰我做实验。"河宙冷冷地吸了一下气，他的大鼻子有些堵塞，因为他的衣服都被藻鸦剪光了，所以他并没有衣服来抵御初秋的寒冷。"你的铃铛太吵了。"

"铃铛可以不响，我得来呀，因为我可以帮你找复生剂，"藻鸦把铃铛用丝巾包起来再绑在腰上，铃铛不再响了，响起来的却是藻鸦的笑声，"但你得答应我，以后这个白驹镇的所有地方我都可以随便玩，"她拿出一瓶灰色的液体，笑得更开心，"因为我发现了这个。"河宙叹了一口气，那是可以让绿色退去的灰色试剂。

他们在河宙工作结束后走出去，藻鸦一直蹦蹦跳跳地四处撒灰色试剂，很快，白驹镇除了最外围其他人可以看到的地方，全都恢复了原貌——当然因为长期无人居住还是有些脏乱的。

"你要去哪儿，不能自己去吗？"河宙皱着眉跟在藻鸦身后，他的腿有些短，藻鸦腿长，步伐太快，河宙无法及时跟上，但他又不好直接把自己腿短跟不上这件事情讲出来，只得皱着眉一副哪儿都懒得去的样子。

"不能啊，我怎么知道白驹镇里的东西怎么用，"藻鸦不回头，她在前面四处张望着，即使河宙看不见她的脸都知道她现在一定笑得开了花。

他们来到了白驹镇的游乐场。

"你以前一定经常来这里玩吧？"藻鸦看着操纵游乐场的巨大机器，"这些项目太新奇啦，别的城市都没有。"她按下开关，里面出现各种程序代码，这让她一脸疑惑。

"嗯，这些是我设计的。"河宙在她身后说。

"太好啦，快帮我打开！"藻鸦拉住河宙的胳膊，用力摇晃着他。

河宙厌烦地把她的手从胳膊上拿下去，在操纵盘上输入了一串代码，整个游乐场突然开始了运转。五光十色的摩天轮伴着叮叮当当的音乐开始转动，许多大型卡通机器人跳着舞从游乐场最里面的街道涌出来，它们一齐运转初期有些嘈杂，但渐渐分散到各自的岗位后单纯的嘈杂就变成了十分快乐的吵闹。

"那现在我的铃铛应该也不会太吵啦!"藻鸦把包着铃铛的丝巾解开,那些铃铛顺着金丝线胡乱地坠下来打在她的小腿上,重新变成了她有特色的裙摆。她拿着丝巾四处看,不知道放在哪里,突然她看见了眼前的河宙。藻鸦嘻嘻一笑,把那条月白色的丝巾系在了河宙的脖子上。

顺着吵闹声寻去,走进了一条五彩斑斓的街。闪烁的灯火形态各异,橱窗中坐着拥有各色嘴唇的小姐。嗔闹声混着车水马龙让整条街都在浑浊中微微震荡着。河宙刚要厌烦地扯下来,藻鸦就用手指指着他,一副警告的样子:"我和你说哦,我系在你脖子上是怕丢了,它要是没了以后你的房子里就还是每天都要有我叮叮当当的声音。"河宙无奈,放弃了,藻鸦就拉着河宙脖子上的丝巾,像是驯服了一匹野兽,牵着他耀武扬威地走在游乐场里——河宙长得确实很像野兽。

河宙和藻鸦进入火山体验空间——这里是模拟火山内部的构造建造的。狭小闭塞的空间里气氛有些浑浊。藻鸦问:"这个空间怎么玩?"

河宙歪了歪嘴:"不知道。"

"你设计的你不知道?"藻鸦皱起眉,怀疑眼前这个向导根本不想让自己玩得开心。

河宙看着藻鸦的眼睛,有些认真地解释:"虽然是我设计的,但我从来不出门,因为……"

"因为你觉得自己丑啊?"藻鸦笑着问他,不等河宙点头,她就笑嘻嘻地把河宙脖子上的丝巾打了个蝴蝶结,"这样就不丑了嘛。"

河宙一下子说不出话来,他看着藻鸦,藻鸦却开始盯着地面,她盯了一会儿,发现上面有很多凸起的石头:"呀,跟着这个石头跳舞嘛。"

于是这浑浊的气氛被许多铃铛的震动注入一股紫红的清流,随着藻鸦欢快的舞蹈,火山体验空间内部来了一支队伍,是用紫色纱裙包裹身体的仿真机器舞女们,她们旋转跳跃着涌向一扇金色的门,藻鸦和河宙像顺水漂流的浮萍一样被这涌动的紫色洪水拥了进去。原来那是这个项目的出口,但藻鸦却对游乐场已经没了兴趣,她对河宙说:"看来你不怎么出门,我带你去个好地方。"

藻鸦带河宙从城中一个酒窖的地道下去,河宙惊异地发现地道的尽头已经被藻鸦用炸药炸开了。他们从城市的边缘看到一条雾气弥漫的河流,河宙的鼻子因为感冒不太透气。此时起了雾,这让他有点呼吸不畅。藻鸦拉着他顺着河流前行,穿越一些藻鸦制造的废墟,河宙惊异地看着这个女孩子对于事物的破坏力,心里竟然有了些紧张的快乐,他笑了。

"笑什么,再笑我把你也变成这样。"藻鸦指了指一些被她炸得七零八落的建筑,河宙还是笑着摇头。

藻鸦绷不住脸也笑了,她拉着河宙走得慢了一些。他们一步一步地走着,夜很黑,河宙只能听见一些水声。但很快,穿过一个小胡同后，他就看到了散发着灵光的海洋——月色下的巨大蓝宝石，这是他第一次不觉得月亮那么讨厌。

十二、死亡带来美梦

我的梦欢快而又柔美，
那梦中有彼岸的小树林。
我不需要坟墓的叹息，
也不想领会神秘的教义，
只是请教会我怎样才能
永远永远地不再苏醒。

——叶赛宁

沉醉在梦境里不是什么快乐的好办法，梦境的变化无常是她无法掌握的。

太阳一日日地暗淡下去，清晨似乎来得不再那么快、那么亮，但是她依然会满头大汗或是从惊心动魄中醒来，心跳的频率并未随着太阳的亮度一同变弱。

这是复生剂的副作用——做梦要用来回忆重要的人和事情，来提高生存效率和加快记忆凋谢的周期，这样可以过滤掉很多不必要的信息。但是甘沛的复生剂注射是在她脱离地球磁场的情况下，所以梦境系统未免有些混乱。

最开始时甘沛认为这种梦可以让她幸福地见到司铲，她也确实为了这位曾经的恋人很长一段时间沉醉于睡眠——卧室里深紫色的真丝套床就是最好的证明。这种床下面填充的植物可以让人睡一整天都不觉得头晕。有时实在是睡得太多——比如持续睡了一个星期，她再也无法入睡，她就想办法让自己运动起来，消耗大量体力，从而变得疲劳。什么最消耗体力呢？她想起了一个叫做农民的职业，但是她实在不想耕种谷物，这个时代的农作物耕种已经有机器人代劳，她自己做会显得很蠢。而且每天的梦境使她对于司铲的爱意和怀念无限增加，她选择了种曾经用来填充司铲这个再生人的那种再生花——橙白相间的条纹小花，她就这么种得漫山遍野都是，像一个辛勤的园丁，她勤劳地耕作着，让这种奇异的花长满了渡邻山的角落。

在尾星上，司铲碎成了粉末。而甘沛在醒来时已经被植入了复生剂，那个掌管尾星的男人告诉她因为她那时心脏已经衰竭，他不愿意尾星上有死人。

这件事并没有经过甘沛的同意，不过她也不排斥。她借了一个尾星的小型飞碟，回到了蔚蓝的地球。那时她并不太难过，自从千喜死去后，她已经能够接受人事的消亡了。而且甘沛认为自己分不清什么是爱，更不知道，对于千喜和司铲，她更爱谁。过了很长一段时间，甘沛才分清，对于千喜是爱，对于司铲只是荷尔蒙的反应和对与众不同的异性的喜欢。

她也不知道自己的结论对不对，但是无论对错她都选择了得过且过，因为她在试着用刀划伤自己并看到伤口迅速愈合后，已经准确知道了自己即将不老不死的事实。既然有大把时间可以思考，就不用这么急着下结论了。

"时间会给我所有答案。"甘沛通常这么安慰着自己。

但甘沛未曾预料到的是，时间只给了她折磨。那些梦的确在最开始美好得让她不愿苏醒，但后来，每夜的梦境里司铲都有些诡谲。他以各种奇异的方式出现，有时是一株植物，一颗宝石或一件衬衫，是一件物品摆在梦境的某一处；有时是一个死去的幼儿尸体，一个正奔跑的异域少年，甚至一只猴子。但是不管是以什么形态出现，甘沛都能在梦中准确知道那是司铲。

有时甘沛梦见自己在与养母生活的镜岛上打排球，球飞到树上的那一刻甘沛望过去，树上原本放球的位置就坐着司铲。司铲就像球那么大，他张开手臂向自己扑过来，落入怀里时他又变回一个排球。然后甘沛就能看到千喜在对面笑着:"甘沛,发球啊!"

又有几次,甘沛梦见一条很长的路,窦本港拎着一个塑料袋,里面装着婴儿时期就已经死去并且即将被再生花填充做成再生人的司铲。窦本港在路上飞快地走,甘沛叫他,他也没反应,只是快步向前走。死去的幼儿司铲在塑料袋里粘连着一些黏稠的血液,使塑料袋的某些部分贴在袋子里幼儿的尸体上,甘沛就要在梦中一直追逐窦本港。

最后甘沛发现了规律,如果自己是一日一睡,那么就会是噩梦,但是如果连续睡眠,就是美梦。

于是甘沛开始持续性的睡眠,有时长达一星期。这种方法在最开始的日子里给了她莫大的快乐,但是随着次数增加,美梦需要的时间也越来越长,到最后即使她连续睡半个月,还是只能做噩梦。

她需要永恒的睡眠。

她不愿再百无聊赖地活着,更不想祈求时间给什么答案。她对世间已经没有什么疑问,只想快点进入死亡——那才是生命的终极意义,她将不再面对那些可怕的梦,而是进入一个永恒的美梦。

她开始祈祷死亡快点降临,尽管死亡已经永远不可能发生在她身上。

但是一个契机,她发现了死亡的气息可以让睡眠这件事事半功倍。

　　有次，一只燕子死在她的床边她懒得打扫，说实话她已经很久没见到死的东西，偶尔见一次还觉得挺稀奇。她闻着燕子的尸体在盛夏发出的发苦的腐烂气息入睡了。仅仅睡了几个小时，竟然全部都是美梦。窦本港听了她的说法研究了一下，死亡的事物发出的气息可以使复生剂的活跃度暂时降低。而物种越接近，降低的效果越明显。

　　于是甘沛让窦本港从各个城中的孤儿院收集来一些死去的孩子装在棺材里。窦本港是很细腻的，对于这个被千喜养大的孩子他有着特殊的感情。他为那些棺材涂上光粉，还更改了甘沛原本想做一个尸体博物馆的创意，选择将那些棺材沉入湖底，用发动机将山腰湖水的动力加大，使那些棺材绕着甘沛居住的木屋游荡。甘沛每天站在窗前就可以欣赏自己身下这片流动的坟墓，她时常觉得这浪漫得如同童话，那些发光的盒子装着死去的孩子们，欢快地游动着。窦师傅为了增加情调，还设置了音响，甘沛放的音乐能带动棺材游动的节奏。

　　甘沛越来越挑剔，她开始看不上一些死相太过难看的孩子，要求窦本港找到的每个孩子都是笑着死去的。于是那些盒子里逐渐装上了一些微笑的小孩子——尽管有些是窦本港将尸体带回来后硬生生把嘴角用针线向上缝了几针做出来的假笑。

在流动的坟墓上，甘沛生活的常态就是打开一份自己喜欢的音乐 CD 播放，让那些棺材合着自己的心意流动着，然后在死亡气息的环绕下沉沉睡去。

十三、上　校

沐恩上校在上个冬天造访了渡邻山。那时的上校大腿内侧流血不止，从空中被敌军的飞碟甩下来——空中骑着机器飞马的上校为了能够控制敌军的主力飞碟，生生进入了一架自己士兵的飞碟，他大腿内侧的旧伤留下的大面积疤痕因受不了巨大的压强而爆开，血肉模糊。

但是沐恩上校还是忍住疼痛，指挥开飞碟的士兵撞击敌军主力飞碟，士兵最后吓得发抖，沐恩上校就自己握住了方向盘撞了过去。敌军的主力飞碟和沐恩上校所在的飞碟一同爆炸了，沐恩上校很幸运地在爆炸的一瞬间，由于腰上系着机器马的缰绳而被那匹神奇的飞马带出了爆炸的飞碟——而两架飞碟上的其他人都死了。

但是机器马虽然带走了沐恩上校，却因为爆炸时强大的冲击被甩出去很远。当机器马稳定下来要自动调整方向时，它就失灵了——它来到了渡邻山的正上方，这里有很强的高科技屏蔽仪。于是机器马和沐恩上校一同从空中掉了下去。

很幸运，沐恩上校掉进了湖里，柔软的水让他免于一死。

更幸运的是，那时甘沛打开了层层叠叠的紫纱窗帘，正在月色中一边喝地窖里拿上来的红酒一边观赏流动的坟墓。

沐恩上校就这么掉下来了，他白色的军装在月光下染上了月白色，微醉的甘沛笑着对正在床上伸懒腰的藻鸦说："喂，月亮掉下来啦！"

藻鸦揉揉眼睛从床上起来，去夺甘沛手里的酒杯："你喝多啦。"

"你看呀，真有个月亮掉下来了！"甘沛不由分说，站起身爬上栏杆就从木楼的二楼露台跳进了湖里。

"反正也淹不死。"藻鸦懒得管甘沛，开始收拾桌子上乱七八糟的碗碟，用抹布把桌子上的酒渍都擦干时，她看见了地毯上染上的一些食物油渍，蹲下身清理的功夫就听到索道滑动的声音，然后看见甘沛真的抱着一个月白色的东西从远处滑了过来，再近一点她看清了是个年轻的男人。

"真的是月亮啊？"藻鸦张大了嘴巴。

沐恩上校是整个国家最年轻的上校。对于军事他天赋异禀——在机器时代他是全部队唯一会骑活马和击剑甚至拼刺刀的人。老一辈的军官们的军事技能尽管也离那个人工打仗的时代相去甚远，却还是对这个年轻人有着充足的兴趣。沐恩幼年时开始练习骑马射箭和击剑等技能，他没有老师，全靠看书。因为这种纸上谈兵必须迅速转为实际操作，他常常受伤，腿上很多骑马时摔下来的伤疤就是最好的证明。最开始决定练习骑马时沐恩曾经在寒冬时从马背上被甩出去，直接撞在家里的密码门上，密码门就算是主人也必须用指纹触碰，沐恩整个人甩过去的一瞬间密码门伸出了无数钩子，生生钩走了少年沐恩左边大腿内侧的一块肉。

大腿上的伤很快好了，但是后来每次他驾驶战斗飞碟时都不敢飞往高空，因为左边大腿内侧的疤痕会因为压力而爆开，再次血肉模糊。开战斗飞碟是追求完美的沐恩上校在军事生涯中唯一的短板，在他成为上校后，下属里十个人有九个是开飞碟的能手，这是沐恩上校为了应对突发状况——他做不到的一定要有人替他做到才行。

因为沐恩上校无法在密封的飞碟中上升到高空，军事总部让大科学家河宙为他做了一匹机器马。这是独一无二的交通工具，在许多少女心中沐恩变成了非常梦幻的"骑马王子"般的人物。不仅因为沐恩俊秀的外表，还因为沐恩的机器马施展任何一项功能时都十分美观。

机器马在陆地上时会像马一样奔跑，当然是完全静音的，可是如果你站在街边看到沐恩上校骑着马飞奔而过，一定会被那种古典式的军人气度吸走目光，甚至在一瞬间为他着迷。在其他人开战斗飞碟时，机器马就会从两侧展开翅膀，如同神话里的神马一样飞起来，变成一匹英姿飒爽的"飞马"。河宙在设计时为机器马镶嵌了可以减小阻力顺风飞扬的纤维皮毛，所以这匹马在空中威风凛凛不时抖抖毛发的样子真的像是神话中的马了。如果机器马下海，它会变成一艘潜艇，这是机器马唯一的弊端——变成潜艇时无法潜入深海，因为它依然无法改变空间内的压强，沐恩上校还是有受伤的可能，所以河宙将下潜的功能仅仅做到浅水区的深度。

沐恩收到这个礼物时并未感到快乐，尽管他知道这是军队的一片心意。可是每当他看到这匹机器马——唯独只有他拥有的作战工具，就好像看到了自己的弱点。甚至有时他感到河宙对于研制机器马的尽心尽力是在援助一个残疾人。他最怕别人知道自己的缺陷，其实这点缺点如果放在别人身上早就得过且过，可是对于沐恩上校来说，他常常在内心将自己的缺点无限放大，很多事他都如芒在背。尤其每次他骑着机器马飞奔过某条街伴随着少女的尖叫时，他都心惊胆战地觉得别人一定是在议论他的缺陷。

甘沛在这位上校昏迷时呆呆地望着他出神了整整一个礼拜，他白皙的皮肤和带着青草味的呼吸，如同自己过去的恋人。为了让他的伤口完全修复，甘沛把自己的血液和再生花煮成汤每天喂给他，再为他注射麻醉剂，使他能够慢一些醒来。

甘沛多希望他就这么永远睡着。

但沐恩上校还是醒来啦，在一个有些阴郁的清晨，他睁开眼睛，看见甘沛笑嘻嘻地趴在自己的枕边。他猛地坐起来，看到甘沛正在这张偌大的床上拿着一个小盒子摆弄，里面全是各种型号的小刀。

"你要做什么？"沐恩上校警觉地盯着甘沛。

甘沛笑嘻嘻地爬过去，沐恩连连后退却撞到了床头。

甘沛一把撕开他的左边裤腿："你看，修好啦！"

沐恩惊奇地看着自己烦恼了二十多年的弱点就这么消失了，他一下子忘记自己身处陌生的环境，惊奇又开心地摇晃着甘沛："太棒了，你怎么做到的！"

"我的血啊，我给你修腿修了一个星期啦。"甘沛的笑容微微地藏在打开的盒子盖后，她好久没有这么开心过，现在她发现认识些新的人也不错，这种新奇快乐的感觉不亚于那些笑着死去的孩子们带来的美好梦境的愉悦。

不过沐恩上校带来的新奇也很快就消退了，甘沛虽然有些可惜——这个上校还在围着自己转个不停，但是活了这么久，她已经可以接受任何一种感情的消亡了。但沐恩上校年轻的生命刚刚开始，他对于修复了自己的甘沛包含着某种依赖的情绪，没有见过母亲的他在潜意识里认为自己从甘沛这里重生了一次。他甚至觉得甘沛是自己的"新娘"。

沐恩上校每个月就要来甘沛这里补充一次复生剂，这使他的大腿一直不会坏掉。

十四、月燃玉万滴

藻鸦带甘沛见到了河宙，甘沛要求立刻进行复生剂剥离手术。

"但是手术一旦进行你就会马上死去。"河宙解释道。

"我期盼这天很久了，"甘沛郑重地握了握藻鸦的手，"你要记得照顾千喜。"

藻鸦笑得很开心："放心，她就摆在那里，没人碰。"她伸展着手比划着装千喜的玻璃柜的形状。

甘沛点点头，转向河宙。

河宙打开一个合金柜子，里面是一个很大的被黑布罩住的玻璃器皿，河宙打开罩子的一瞬间，玻璃器皿内就开始五光十色地炸裂出无数道交错纵横的光线。

"它是太阳反应器。"河宙又把罩子放下来,"在阳光充足——就是我会把太阳能量双倍补充上的一天,你在反应器里面过十二分钟左右,就可以转化为永久能量了。"河宙又把合金柜子关上,"但是要等后天,这样才能确保复生剂能量发挥到最大,这几天你可以和一些人告别。"

"越快越好,"甘沛期待死亡这个巨大的美梦很久了,她对于司铲和千喜甚至已经没有苛求,她只想尽快摆脱永生无事可做的折磨,"后天之前我就住在这里了。"

甘沛觉得睡眠中的时间过得最快,她在这个下午就躺在了白驹馆客房的床上沉沉睡去了。但是月光刚刚撒满白驹城时她就被吵醒,是沐恩上校带着大队人马包围了白驹馆。

"请把甘沛带下来,"沐恩上校的喇叭又响了起来,"不然我们会直接进去带走她。"

"他是你的伴侣?"河宙狐疑地看着刚从客房出来,还揉着眼睛的甘沛。"他觉得你是很重要的人,不可以死。"

"不,我是他的食物,他想用我带有复生剂的血液修补他,"甘沛耸耸肩,带着哈欠的困倦扑哧笑了,"大科学家平日里高级的理智一大堆,居然缺乏最低级的理智,你还相信爱——呀?"甘沛故意拖长这个字眼,将它讲得有些刺耳。

"麦克给我,"甘沛从河宙手上拿过那个金色麦克,对着白驹馆下的沐恩上校说,"你永远只能是个残疾人了,因为我要死了。"她像是在通报一个好消息，声音带着过节时广播员的喜气洋洋。

士兵们都屏住了呼吸，他们惊恐地看着沐恩上校的反应，楼上的女人正在触及他的底线。

但很快所有人都惊呆了，他们看见沐恩上校从机器马上下来，用刺刀划开左边的裤子，整整划了一圈，使整条左裤腿脱落了。年轻俊美的上校跪在洒满月光的白驹城绿色大地上，呼吸沉重，他一只手捂住胸口，另一只手拿着喇叭，声音无比清晰地说："请你不要死，请永远和我在一起，"说完这句让所有人陷入死寂的话后，上校捂住胸口的手伸向甘沛，"因为我非常爱你。"

"假的，"甘沛摇摇头把话筒递给了河宙，"快赶他们走吧。"

但楼下的士兵只安静了一夜，天一亮白驹馆就被攻陷了。沐恩上校让士兵们将白驹馆大门炸开，甘沛狐疑地看着他们将河宙和藻鸦抓到馆外，只留下自己和上校在白驹馆内。

"你要做什么？"甘沛不解地看着上校接近自己。

他像往常一样把甘沛抱起来，然后打开那个合金的柜子，将甘沛放进了玻璃罩中再按下开关——这些操作河宙在计划书中写得清清楚楚。只不过最后一步操作里河宙是要将这个反应器的能量连接向太阳供给管道，而沐恩上校是要将它连接到自己体内。如果甘沛和自己一起走的话他会带她到一个隐蔽的地方进行这项其实还是令他有些痛苦的诀别，但是甘沛拒绝了他，他就只能硬闯。

他看着甘沛有些无措地在越来越多的彩色射线中"砰"的一下碎成粉末，笑着摸摸因为甘沛的碎裂闪着比钻石还耀眼的玻璃反应器说："是假的。"上校的笑容在这个白昼像月亮一样清冷，他胸前的铭牌上不像其他人一样刻着字母代号，上面是与他名字同音的单词"Moon"。

他把一根针管插进自己大腿的疤痕处——前夜割掉的裤腿使这件事进行得更加方便，另一端插入反应器的输出口。

一个小时后，士兵们看到心满意足的沐恩上校从白驹馆内出来了，他明朗的笑容带着变得更加自信的少年气息。他夹着一个巨大的文件袋，河宙知道里面是实验失败的报告。他让士兵们把河宙和藻鸦再次扔进白驹馆，然后埋下激光静音炸药，骑着机器马带着士兵们扬长而去了。其实他很想直接杀掉这两个人，但是士兵们无数双眼睛不太好骗过去。而且军事手册上不允许对犯人进行直接性杀戮。所以士兵们非常有仪式感地将河宙和藻鸦抬进了白驹馆，并且将被注射了麻醉针的他们体面地摆在大堂长餐桌旁的椅子上。沐恩把怀中的文件用手摩擦着，它将让河宙成为罪人，而自己将成为更完美的上校。

他们离开白驹城的十分钟后，白驹馆在一朵无声的蓝色发光蘑菇云腾起的同时被夷为平地。

　　沐恩上校在远处向着白驹城看去，他摸了摸自己的大腿，知道甘沛此时融化在自己的身体里。他感受到来到自己身体一股热烈的能量，那朵久久不能消散的蓝色蘑菇云覆盖住月亮，当爆炸物质的气体在空气中充分吸收水分凝成水滴后，他看到月亮仿佛耐不住高温被烤化了似的，无数滴玉色的液体滴下来，在白驹城上方下了一场玉色的雨。尽管他知道那玉和月亮毫无关系，但他还是感到月亮在燃烧。

十五、再见尾星

　　把接班的任务交给藻鸦后，窦本港开始让她喝陨石和橙白相间的条纹小花混合的汁液，他说这可以延长藻鸦的寿命，并且让她并不那么轻易受伤。

　　窦师傅通过仪器观测五脏六腑的衰老程度后预知了自己的死期，他将葬礼的心愿告诉藻鸦，然后安心地在实验室的黑色房间里死去了。藻鸦曾经提议要不要将千喜也一并放入那艘旧船里和他一起走。但是窦师傅拒绝了，他活了一辈子也没明白自己爱的是幼时的记忆，以及因为自己对于感情的惯性自以为是"爱"地去付出了全部，藻鸦也没有解释给他听，她觉得糊涂比清醒好多啦！

窦师傅还是很珍惜对于千喜的记忆，毕竟这是个永恒的念想，他拜托藻鸦照顾千喜的尸体，让她永远完好地待在世间："千喜是不愿意和我在一起的，我不想她不高兴。"窦师傅笑得像个小孩子，他岔开了话题，"你要记得经常喝陨石再生花汁哦，记得保养自己啊。"他调侃着。

于是藻鸦带着河宙逃到尾星的时候非常感谢窦师傅——麻醉剂在她身上没有起作用，她带着河宙逃了出来。到了尾星后她的抗压力很强，在尾星上没有半点不舒服。

他们那天逃出来后唯一的选择就是去渡邻山，为了防止沐恩找不到尸体对他们再次进行搜捕，他们坐着甘沛当年从尾星回来的飞碟逃出了地球。那艘飞碟有自动指引功能，并且只会飞到尾星一个方向——尾星的人为了防止飞碟丢失而设置的。

尾星的对外事务负责人接待了他们，那个冷漠的男人看到飞碟回来皱着眉迎了上来："我还以为你不打算还回来了。"

但是从里面下来的不是甘沛。那个男人知道河宙和藻鸦到这里的缘由后，让他们暂时做给机器人贴标签的工作，河宙将机器人归类的系统重新编排，做成了全自动代码归序的形式。他们住在尾星的管理部，这里可以清楚地看见尾星的尾巴——这个星球与其他星球唯一不一样的地方就是它拖着一条长长的尾巴，上面全是复生剂接受者的生命检测仪，尽管也没人有兴趣去监测。尾星负责人解释，很久以前他们派出一批机器人去各个星球上为生命即将走到尽头的未成年人注射复生剂，方便他们做永生实验测试——地球只挑选了一个人，就是甘沛的母亲佩荔驿，而后来甘沛来到尾星，也成为了复生剂使用者。

"不过甘沛使用的是非常成熟的系统，是可破坏的，像佩荔驿使用的第一个版本，无论怎么样都无法把复生剂毁掉，只能一直活着。"尾星的对外负责人有些无奈，他使用的也是第一个版本的复生剂，现在每天都过得无聊且疲惫，对任何事情都毫无兴趣。见到藻鸦的铃铛裙子，他也只是笑一笑，这些铃铛在真空中并不能发出声音。听河宙讲述自己的研究发明，他也只是表示"没什么好新奇的，反正新奇的事物永远都会有，新奇也就不新奇"之类的观点。

但是藻鸦的好奇心还是很浓厚，她常常走到尾巴上去，一个个观察闪烁的检测仪。检测仪上面印着被监测者的名字，被监测的人与机器人发生的故事——他们往往不知道来注射复生剂的人是机器人，常常，那些没有生命感情的机器为了获取被监测者的信任，扮演了他们的父母、兄妹甚至爱人，与被检测者发生着种种关系。藻鸦饶有兴趣地阅读着他们的事情，感到那些被检测者像一个又一个的复生剂移动包装盒，行走在宇宙的各个角落，而自己则在这个小小的尾星上对他们的事情一览无余。这使藻鸦快乐，她带着不耐烦的河宙穿梭于各个检测仪之间，笑嘻嘻地为那些不同的被监测者发出各式各样的喜悦。藻鸦惊异地发现甘沛的母亲佩荔驿的检测仪还是闪动着的，她现在应该还在宇宙的某个角落中飘荡，想到这里藻鸦觉得佩荔驿的生与窦本港的死是没有差别的。

藻鸦还胁迫尾星对外事务负责人把自己的飞碟和车贡献出来，她逼着河宙用它们改造了一架大飞碟，每天工作结束后，他们就像两个上班族一样在周围的小行星上四处游玩。那段日子他们看到了星洲，岩浆湖，甚至用触手挖了一勺土星环。尾星旁边有很多黑洞，他们还要时刻注意小心不要被吸进去。

藻鸦一天天发表着更多的真理或谬论，河宙看着藻鸦的眼睛，常常想起白驹城边缘那片散发灵光的海洋。藻鸦常常提议回到地球，但是河宙并不想回去，他似乎觉得尾星更适合他安静地做实验，他喜欢造出一些普通人认知里不可能存在的事物，打破已有的界限。

十六、壮丽的你

沐恩上校在一个太阳黑子周期后来到了尾星。

他的大腿承受不住复生剂一次性的注入出现了严重的增生——肿块胀大的程度好像有了第三条大腿，他需要河宙回去为他做能量分散。

他通过爆炸生物监测的追踪功能知道了河宙和藻鸦的踪迹，当沐恩上校驾驶着飞碟来到尾星时拿着国家先前在河宙身体里安装的电子炸弹的遥控器——报告书上说河宙死了之后，沐恩上校轻易地就以"为他的恩人送一个纪念品"的理由拿到了这个小小的铁盒子。

沐恩上校俊朗的笑容下带着隐忍的疼痛，告诉冷眼看着他的河宙，如果他能帮自己消除这个快要让自己成为怪物的增生，他就把铁盒子给河宙。但是河宙拒绝了，他也不知道自己为什么拒绝，虽然死去会很痛苦，但是他知道一切的事物总要结束，如果为了延续生命就妥协，他会觉得余下的生命是肮脏苟且的。

尾星上空的星云层层叠叠地爆炸着，它们剥皮一样把闪光的外层脱下，让它碎裂成一片片的絮状物从尾星上空飘落，就像地球上的雪。今天星云脱落的外层频繁而厚重，这使在地上僵持的河宙和沐恩脚下积了一层厚重的废弃星云，藻鸦在远处看着，感到他们两个像是伫立在五彩斑斓的星河里。

沐恩上校的身体开始颤抖，他快要撑不住了，增生的细胞在他体内乱窜，他根本无法承受复生剂的再生速度。

他痛苦地笑了笑，打开了铁盒子。

"一起死吧。"沐恩上校的声音还是那么少年。"一起死吧"从他口中说出来如同"跳一支舞吧"那么绅士，如果他现在身穿燕尾服，一定会有少女将手伸向他。

河宙并不去阻拦什么，他累了。因为尾星的气压，他的脸比之前更加丑陋了。他看着那些层层叠叠还在落下的星云，突然感到他一直钟爱的实验室被一片散发灵光的海洋淹没，他深吸了一口来自氧气袋里的氧气，看着沐恩即将按下那个铁盒中的按钮。

但是一股强大的气流从左面划过来了，沐恩上校几乎是在一瞬间被一道黑影从河宙面前冲开。

河宙向黑影移动的方向看去，是那架他为藻鸦改造的大型飞碟，藻鸦驾驶着它把沐恩撞向了远处。那个小铁盒子飞到了尾星的外面被一团正在爆炸的星云绞得粉碎。

但由于惯性的原因，藻鸦被吸进了那个巨大的黑洞。

河宙瞪大了眼睛，这是他第一次向前看时看不到自己的鼻子。

他听到藻鸦依旧快乐的声音，在他的耳机里响着：

"再见!"

十七、白　洞

藻鸦在黑洞中遇见了佩荔驿,那时佩荔驿刚刚从白洞中再次进入黑洞,她十分准确地接住了藻鸦旋转着飞过来的飞碟。两人相谈甚欢。

"你要我送你回去吗?"佩荔驿似乎已经熟练地掌握了黑洞白洞之间的空间移动规律。

藻鸦裙子上的铃铛正随着她在机舱里参观的步伐有节奏地响着,她开心地拍着手:"你再陪我玩一圈好不好?"然后她走到佩荔驿身边,"等我玩一圈回去的时候他大概就明白了。"

"明白什么?"佩荔驿看着藻鸦裙子上的铃铛苦笑着摇头,她记得孙先生家里的人都很讨厌噪音,所以她不知道孙先生的儿子是怎么忍受这么多铃铛的。

藻鸦兴奋地摸摸巨大的操作盘上五彩斑斓的按钮,笑得更开心了:"到时候再说!"

十八、河　宙

　　河宙每日进行着神圣的、看起来像是朝拜海洋的仪式。他庄重而不在意其他人的眼光，每日在日出时准时出现在重新繁盛起来的白驹城的街道上，有时人潮攒动的市中心的十字路口穿过他沉重的步伐，赶着去上班的上班族就会看到河宙低垂的头和他脖子上与他极不搭调的月白色丝巾。

　　最开始人们还会议论和嗤笑，慢慢的白驹城的生活节奏慢了下来，太阳升起的时间越来越晚——或者说太阳升起时因为光线太过微弱也没能及时传达清晨到来的讯息。人们已经开始习惯食用合成蔬菜了，因为日照蔬菜已经无法再生产。

　　但河宙依旧在太阳已经升起只是没有发出足够强大的光亮的时间，教徒一般的，朝着那片散发灵光的海洋走去，迎接他的是一些带着无限欢乐翻腾着的白色泡沫。脖子上的月白色丝巾常常扑在他脸上，有时盖住他巨大的鼻子，使他呼吸困难。

图书在版编目（CIP）数据

山宇河宙 / 焦雨溪著. — 上海：上海文艺出版社，
2017（2022.4重印）
　　ISBN 978-7-5321-6467-7

　　Ⅰ．①山⋯ Ⅱ．①焦⋯ Ⅲ．①中篇小说－小说集－中
国－当代 ②短篇小说－小说集－中国－当代 Ⅳ.
①I247.7
　　中国版本图书馆CIP数据核字(2017)第217210号

责任编辑：崔　莉　胡　捷
装帧设计：钟　颖
责任督印：张　凯

书　　名：山宇河宙
著　　者：焦雨溪

出　　版：上海文艺出版社
出　　品：上海故事会文化传媒有限公司
　　　　　（201101 上海市闵行区号景路159弄A座3楼　www.storychina.cn）
发　　行：北京中版国际教育技术装备有限公司
印　　刷：天津旭丰源印刷有限公司
开　　本：890×1240　1/32　印张6.25
版　　次：2017年11月第1版　2022年4月第2次印刷
书　　号：ISBN 978-7-5321-6467-7/I · 5163
定　　价：35.00元

上海故事会文化传媒有限公司 出品（00701）www.storychina.cn

如发现本书有质量问题，请与印刷厂质量科联系 Tel:022-82573686